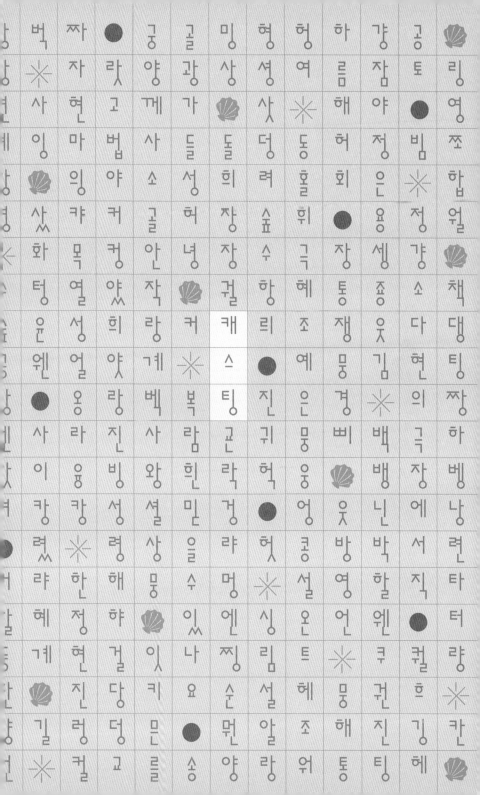

꿈꾸는돌
34

캐스팅
영화관 소설집

조예은 윤성희 김현 박서련 정은 조해진 한정현

2022년 10월 20일 초판 1쇄 발행
2023년 10월 25일 초판 4쇄 발행

펴낸이 한철희 | 펴낸곳 돌베개 | 등록 1979년 8월 25일 제406-2003-000018호
주소 (10881) 경기도 파주시 회동길 77-20 (문발동)
전화 (031) 955-5020 | 팩스 (031) 955-5050
홈페이지 www.dolbegae.co.kr | 전자우편 book@dolbegae.co.kr
블로그 blog.naver.com/imdol79 | 트위터 @Dolbegae79 | 페이스북 /dolbegae

편집 이하나
표지 디자인 김민해 | 본문 디자인 김민해·이연경
마케팅 심찬식·고운성·김영수·한광재 | 제작·관리 윤국중·이수민·한누리
인쇄·제본 상지사 P&B

ISBN 979-11-91438-86-4 (44810)
ISBN 978-89-7199-432-0 (세트)

# 캐스팅

영화관
소설집

조예은

윤성희

김현

박서련

정은

조해진

한정현

돌베
개

차
례

# 캐스팅

조예은

조
예
은

제2회 황금가지 타임리프 공모전에서
「오버랩 나이프, 나이프」로 우수상을,
제4회 교보문고 스토리 공모전에서
『시프트』로 대상을 수상하며 작품 활동을 시작했다.
장편소설『스노볼 드라이브』, 소설집『칵테일, 러브, 좀비』
『트로피컬 나이트』등을 썼다.

내가 기주영을 처음 만난 건 새벽 1시의 영화관에서다. 기주영은 머리 한쪽이 완전히 뭉개진 채로 3번 상영관 f열 10번에 앉아 있었다. 산산조각 난 두개골과 찌그러진 뇌가 고스란히 보였지만 죽은 것은 아니었다. 아닌가? 죽은 건가? 사실 아직까지도 잘 모르겠다. 확실한 건, 어쨌든 기주영은 나와 멀쩡히 대화를 나눌 수 있다는 사실이다. 그리고 내 손끝에 그 애의 피부가 닿는다는 사실이다. 만질 수 있는 유령 같은 건 없으니, 기주영은 살아 있는 거다. 나는 그렇게 생각하기로 했다. 안타깝게도 기주영은 그렇게 생각하지 않는 것 같지만.

"내가 고민을 좀 해 봤는데, 이 영화관은 사후 세계로 가기 전 중간 단계 같아. 그러니까, 간이 정류장 같은 거?"

기주영이 그렇게 말하며 스크린을 눈짓했다. 어두컴컴한 상영관에는 나와 기주영 둘뿐이었고, 그리 크지 않은 스크린에는 한창 인기를 끄는 액션 스릴러 영화가 상영되고 있었다. 기주영은 저 안에서 딱 30분 전에 죽었다. 사이코패스인 범인의 도끼에 맞아서. 그리고 영화 밖 세상인 이 폐업 직전 영화관에서 깨어난 것이다.

∨

남주극장. 무려 개관 50주년에 접어드는 남주시 최초의 영화관이다. 할아버지는 이 영화관을 운영하며 3남매를 먹여 살렸다고 한다. 3년 전에 돌아가신 후로는 막내 삼촌이 영화관을 물려받아 운영하고 있다. 근처에 멀티플렉스들이 생겨나면서 관객 수는 반의 반으로 줄었지만, 삼촌은 꿋꿋이 영화관을 유지 중이었다. (엄마 말에 의하면 부동산 호재를 기다린다는 것 같단다.) 시의 지원과 정든 동네 주민들, 일부러 오래된 건물을 찾아다니는 기이한 취향의 사람들 덕분에 적자를 간신히 면하는 수준이었다.

요즘 삼촌의 영화관을 간신히 먹여 살리는 영화의 제목은 「천사는 없다」다. 내용은 동생을 잃은 형사가 정체불명의 연쇄 살인마를 쫓는 추리극이자 복수극인데, 동생이 가장 믿고 따랐던 과외 선생님이 범인이었다는 반전과 함께 통쾌한 액션 연출로 흥행에 성공했다. 연기력 논란이 있던 젊은 배우는 형사 역을 맡아 흥행과 함께 연기력을 인정받았고, 살인마 역을 맡은 배우는 이미지 변신에 성공했다.

나도 그 영화를 봤다. 아주 질리게 봤다. 그럴 수밖에. 남주 극장의 상영관은 총 세 개인데, 상영하는 영화는 흥행작 「천사는 없다」와 어린이용 애니메이션 극장판 「다람쥐의 역습: 도토리 소용돌이」 딱 두 편뿐이었다.

여름 방학을 맞이해 이곳에서 용돈벌이를 하게 된 나는 거의 매일 술병이 난 채로 숙직실에 널브러져 있는 삼촌을 대신해 표도 팔고 검표도 하고 영화도 틀고 청소도 했다. 사람은 없는데 일은 왜 이렇게 많은지. 그래도 차라리 바쁜 게 좋았다. 바쁘지 않으면 딴생각이 스며드니까. 바쁘지 않을 때나 휴일에는 생각을 비우기 위해 아무 상영관에나 들어가 영화를 봤다. 어디를 들어가도 항상 「천사는 없다」가 흘러나왔다. 아마 열 번은 넘게 봤을 것이다. 처음 보았을 땐 반전에 놀랐고, 두 번째엔 액션을 즐겼고, 세 번째부터는 마음에 안 드는 점들이 눈에 띄었다. 그리고 네 번째부턴…… 아무 생각 없어졌다.

나는 작가와 감독의 의도를 이해하는 데 하등 쓸모없는 점들에 주목하며 영화를 보았다. 스쳐 지나가는 장면에서 보이는 옥의 티라거나, 엑스트라가 몇 명 나오는지, 살인마의 마지막 피해자인 조연 역할이 총 몇 분 등장하는지…… 그런 거. 시뻘게진 눈으로 내 또래 나이를 연기하는 스물세 살 배우의 분량을 세었다. 17분. 기주영이 영화에 출연한 시간이었다.

극 중 고등학생인 기주영은 연쇄 살인마에게 가장 마지막으로 살해당한 피해자다. 주인공 형사에게 죽은 동생을 떠올리게 하는 역할로, 최후의 순간에 남긴 다잉 메시지 덕에 형사는 범인의 아지트를 찾아낸다. 짧지만 결정적이고, 안타까워서 더 강렬한 역할이었다. 기주영을 연기한 배우의 이름은 정하준. 3년째 라이징 스타인 배우였다. 라이징. 곧 뜰 것 같지만 어쨌든 지금은 뜨지 않은 상태. 그건 사실 지금은 아무것도 아니라는 이야기고 더없이 애매하다는 뜻이나 마찬가지였다. 인터넷에 이름을 검색해 필모그래피를 훑는데 「천사는 없다」 말고는 아는 작품이 하나도 없었다.

연기도 잘하고 얼굴도 잘생겼던데 왜 무명이었을까. 운 때문이라는 생각밖에 들지 않았다. 세상을 살아가는 데 실력 혹은 열정이 결과와 비례하지 않는다는 사실이 슬펐고, 운이 짐작보다 큰 비중을 차지한다는 사실이 억울했다. 나는 혼자 묘한 동질감을 느끼며 그의 팬이 되기로 결심했다. 그리고 그런 결심을 한 게 나뿐만은 아니었던 듯하다. 그동안 따라 주지 않던 운이 따라 줘서 영화가 흥행했으니, 젊고 잘생긴 배우에게 팬이 붙는 건 당연한 수순이었다.

일주일 전에 생긴 배우 정하준 팬 카페는 일일 가입 인원이 1만 명을 넘어 오늘의 인기 카페에 올랐다. SNS는 실시간으로 팔로워가 늘어 갔다. 그 과정을 보며 나는 종종 헷갈렸다. 내가 그를 응원하는지, 아니면 질투하는지. 그에게 찾아온 한 방. 그게 과연 나에게도 올까? 어쩌면 나도 모르는 새에 이미 지나가

버린 건 아닐까?

정하준의 SNS에 첫 '좋아요'를 누른 지 사흘째 되는 날이었다. 내일은 한 달에 한 번 있는 남주극장의 공휴일이었고, 나는 귀중한 하루를 어떻게 낭비하며 보낼지 고민하며 마감 정리를 하는 중이었다. 원칙적으로 미성년자는 오후 10시부터 오전 6시까지는 근무할 수 없다. 퇴근 후에도 영화관에 있게 해 달라고 떼쓴 건 나였다. 어차피 내가 방학 동안 머무는 삼촌네 집은 영화관에서 1분도 채 걸리지 않는 바로 뒤 건물이었고, 난 끔찍하게도 할 일이 없었으니까. 그리고 무엇을 해야 할지조차 몰랐으니까.

난 완전히 길을 잃은 상태였다. 길만 잃었게. 의욕도 잃었다. 아마 전국의 열아홉 살 중 가장 여유롭고 한심한 방학을 보내는 한 명이 아닐까? 작년 이맘때엔 이 시기를 누구보다 바쁘고 보람차게 보내고 있을 줄 알았다. 이따위 부질없는 생각을 떨쳐 내려면 몸을 움직여야 했다.

마감 직원인 리라 언니가 팝콘 기계를 청소하는 사이, 나는 마지막 점검을 하기 위해 상영관으로 향했다. 1관부터 돌아보는데 별안간 낯선 소리가 났다. 쿵, 누군가 넘어지는 듯한 소리였다. 지은 지 50년이 된 이 오래된 건물은 사소한 발소리나 말소리도 크게 울려 종종 괴담을 만들어 내곤 했다. 나는 별생각 없이 소리가 난 3관으로 향했다. 끽해야 깜빡 방치해 둔 청소 용품이 떨어졌겠거니 생각하며 문을 열었는데, 기주영이 있었다.

어둠 속에 홀로 우두커니 앉아 있는 기주영. 그러니까……
영화 속에서 죽었을 때의 모습 그대로 피를 뚝뚝 흘리는 기주
영이.

"천사?"

기주영이 나를 보고 맨 처음 내뱉은 말이다. 나는 거기에 멍
청하게도 '예? 저요?' 하고 답했다. 기주영은 사방을 두리번거
리며, 울먹이는 목소리로 물었다.

"혹시 여기는 사후 세계인가요? 꼭 영화관 같네요. 저는 이
제 어떻게 되는 거예요? 천국 가나요, 지옥 가나요?"

그렇게 묻는 와중에도 기주영의 뭉개진 왼쪽 머리에서는 핏
물과 뇌수가 질질 흘러나왔다. 지금 생각하면 그 자리에서 도
망치지 않은 게 용했다. 나는 간절한 표정으로 예쁜 눈을 깜빡
거리는 기주영을 바라보며, 침착하게 뒷걸음질 쳤다. 그리고
상영관 문을 닫았다.

"내가 뭘 본 거지."

마음을 가다듬고 마른세수와 심호흡을 한 후 다시 문을 열
었다. 기주영은 f열 10번에 그대로 앉아 있었다. 그가 다시 문
이 열린 걸 보더니 일어서서 내 쪽으로 다가왔다. 반사적으로
문 옆에 세워 둔 빗자루를 꽉 쥐었다. 그가 다가올수록 내 얼
굴은 파랗게 질려 갔다. 그의 3분의 1쯤 뭉개진 머리와 상처가
정교한 분장이 아닌, 진짜라는 걸 깨달았기 때문이다. 금방이

라도 눈물이 떨어질 듯한 기주영의 눈을 보자 이 말도 안 되는 상황이 현실이라는 게 확 와닿았고, 나는 좀비 영화의 전형적인 첫 번째 피해자처럼 그를 손가락 끝으로 가리키며 비명을 질렀다.

"머리! 머리가⋯⋯!"

그 소리에 팝콘 기계를 닦던 리라 언니가 헐레벌떡 달려왔다. 기주영을 발견한 언니 역시 비명을 질렀다. 언니와 내가 함께 쌍욕을 섞어 가며 비명을 지르자 기주영은 또 겁에 질려 소리를 질렀다. 우리 셋이 목이 쉬도록 비명의 돌림 노래를 부를 동안 술병이 난 삼촌은 숙직실에서 꼼짝도 하지 않았다. 결국 셋 다 지쳐 바닥에 널브러졌을 땐 어느덧 새벽 2시가 넘은 시각이었다. 가장 먼저 정신을 차린 리라 언니가 말했다.

"어떻게 된 건지 일단 대화를 해 보자. 사장님 집에는 사모님이 있으니까⋯⋯ 우리 집으로 갈래?"

기주영과 나는 동시에 고개를 끄덕였다.

기주영은 자신이 영화 속 인물 같은 게 아니라, 진짜 인간이라고 말했다. 살인마에게 살해당하고 눈을 떠 보니 이곳이었다고.

"전 죽었어요. 그리고 눈떴더니 스크린에 제가 죽은 이후의 일들이 펼쳐지는 거예요. 형사님이 다잉 메시지를 알아채지 못할 땐 답답했는데, 결국 범인을 잡긴 잡았더라고요? 아, 내가 억울하게 죽어서 이렇게 쿠키 영상처럼 뒷일도 보여 주는구나, 사후 세계는 친절하네, 생각했죠. 영화가 끝나고 뭐든 나타나길 기다리며 어둠 속에 우두커니 앉아 있는데, 갑자기 문이 열리고 후광을 이고서 그쪽이 들어왔어요. 그래서 전 진짜 천사인 줄 알았어요."

후광이 비친 건 삼촌의 영화관이 터널형 입구가 있는 대형 영화관이 아니라, 그냥 문을 열면 바로 스크린이 보이는 구식 영화관이었기 때문이다. 나는 내가 이해한 바대로 되물었다.

"그러니까, 넌 저 영화 안에서 튀어나왔다는 거지? 정하준이 아니라?"

"정하준이 대체 누군데?"

"기주영을 연기한 배우."

기주영의 눈이 커졌다. 나는 곧장 추측을 늘어놓았다.

"혹시 이런 건 아닐까? 정하준이 어쩌다 바이러스에 감염돼서 좀비가 되었는데, 머리가 같이 이상해지는 바람에 자신을 배우 정하준이 아닌 영화 속 인물 기주영으로 기억하게 된 거지. 좀비면 쟤 몰골이 설명이 된다고. 뇌가 다 드러난 채로 움직인다는 게 불가능하잖아. 어때? 스크린에서 튀어나왔다는 것보다 설득력 있지 않아, 언니?"

그 얘기에 언니가 휴대폰을 들이밀며 답했다.

16

"정하준은 아니야. 두 시간 전에 파주에서 라이브 방송 했네. 파주에서 여기까지는 네 시간이 넘게 걸리는 거리니까 진짜 정하준일 리는 없어."

그 말이 뜻하는 건 하나였다. 눈앞의 기주영과 정하준은 다른 존재라는 것. 그가 정말로 영화 속 세상에서 튀어나왔다는 것. 기주영이 잔뜩 억울한 표정을 지으며 외쳤다.

"저는 정하준이 누군지도 모른다니까요? 저는 그냥 기주영이에요. 한별고등학교 2학년, 우리 엄마 박복자, 아빠 기립영 사이에서 난 기주영이라고요. 그리고 제가 좀비면 어떻게 의식이 있는데요?"

우리가 아무 답도 하지 못하자 기주영은 엄마를 잃어버린 다섯 살 같은 표정으로 주변을 두리번거렸다. 그가 울먹이며 중얼거렸다.

"당신들 말은 그럼, 내가 영화 속 인물이라는 거잖아요. 내 모든 삶이 그냥…… 러닝 타임 두 시간짜리 영화에 불과했고, 나는 그 안에서도 주인공이 아니라 한 시간쯤에 퇴장하는 조연에 불과하다는 거잖아요……."

이윽고 잘생긴 눈에서 눈물이 퐁퐁 솟아나기 시작했다.

"그건 너무 싫은데요."

기주영은 자취방이 떠나가라 엉엉 울었다. 나는 그에게 어떤 위로의 말도 건네지 못한 채로, 어정쩡하게 앉아 내 무릎을 내려다보고만 있었다. 꼭 그에게 아주 못된 짓을 저지른 듯한 기분이 들었다. 뒤늦게 너무 배려 없이 말을 했다는 후회가 들었다. 아, 나는 왜 이렇게 섬세하지 못할까. 스스로가 고작 엑스트라에 불과하다는 걸 깨달았을 때의 실망감. 스스로를 빛내기 위해서가 아니라 남을 빛내 주기 위해 존재한다는 사실이 주는 참담함. 한순간에 내 삶의 주연에서 낯선 삶의 조연으로 전락하는 기분. 그 기분을 잘 안다. 나 역시 그랬으니까.

"울지 마."

우리 중에 그나마 침착한 리라 언니가 휴지를 뽑아 건넸다. 나는 휴지를 받아드는 기주영을 보며 뇌 반쪽이 날아가도 눈물은 나오는군, 따위의 생각밖에 하지 못했다. 언니는 나에게도 휴지를 건넸다. 나도 모르는 새에 눈시울이 붉어져 있었다. 팔짱을 낀 채 우리를 번갈아 보던 리라 언니가 입을 열었다.

"운다고 조연에서 주인공으로 바꿔 주는 거 아니야."

매정한 말에 나도 모르게 너무해, 하는 대꾸가 튀어나왔다. 언니는 태연히 덧붙였다.

"이쪽 세상에서 네 세상이 영화이듯이, 우리 세상도 네가 살던 세상에서는 고작 영화일 수 있어. 그러니까 너무 실망하지 마. 내 생각엔, 나도 딱히 주인공은 아닐 거 같거든. 되고 싶지도 않고."

기주영이 코를 팽, 풀며 물었다.

"왜 주인공이 되기 싫은데요?"

"위기가 많잖아. 우리 삶이, 세계가 누군가 만든 영화라고

쳐. 분명 주인공이 있겠지. 하지만 본인이 주인공이라는 건 어차피 영화를 보는 사람들 말고는 몰라. 네가 스스로 조연인 줄 몰랐던 것처럼 주인공도 자기가 주인공인지 모른다고. 그리고 대부분의 주인공들은 영문도 모른 채 무지막지한 일에 휘말려. 난 그러기 싫어. 그냥 삶에 큰 위기 없이 대사 한두 마디 던지고 퇴장하는 조연, 엑스트라가 좋아.”

기주영이 뭔가 감동받은 듯한 표정으로 고개를 끄덕였다. 나는 언니가 무슨 말을 하고 싶은지 알 것 같았지만 완전히 이해할 수는 없었다. 그리고 침묵이 찾아왔다. 반쯤 열어 놓은 창문 너머로 습한 초여름의 바람이 불어왔고, 시간은 새벽 3시를 향해 달려가고 있었다. 너무 말도 안 되는 일을 겪은 탓인지 갑작스레 피로가 몰려왔다. 어느새 눈물을 그친 기주영이 우리를 향해 이름이 뭐냐고 물었다.

“권리라.”

“난 우승하.”

“전 기주영이에요. 두 번째 말하지만, 배우 정하준이 아니라 기주영이 저예요.”

뒤늦은 통성명 후, 가장 먼저 자리에서 일어난 사람은 리라 언니였다. 언니는 내일 오전 강의가 있다며 이제 좀 자야겠다고 말했다. 피곤한 건 나도 마찬가지였다. 우리는 언니의 좁은 원룸 방을 비집고 자리 잡았다. 휴대폰을 보았더니 메시지를 보내 둔 숙모에게 답장이 와 있었다. 숙직실에 널브러진 삼촌을 막 픽업했으며, 내일 점심은 돈을 두고 갈 테니 리라 언니와 함께 사 먹으라는 내용이었다. 나는 알겠다고 답하려다 지금이 새벽이라는 사실을 떠올렸다. 답장은 숙모의 출근 시간에 맞춰 예약 문자로 보냈다.

내가 리라 언니의 싱글 침대를 차지하고 누워 뒹굴거리는 사이 기주영은 언니가 지난달 월급으로 큰맘 먹고 장만한 접이식 소파형 매트리스를 차지했다. 씻고 나온 언니가 내 옆에 누웠고, 언니는 정말 피곤했는지 거의 머리를 대자마자 잠들었다. 나 역시 수면등 빛에 취해 잠드려는 찰나, 홀로 쌩쌩한 기주영의 목소리가 들려왔다.

"그런데, 제 삶이 한낱 영화 속 일부였다고 한들 왜 죽은 후에 이곳에서 깨어난 걸까요? 무슨 이유가 있지 않을까요? 저만이 할 수 있는 그런 거."

이유? 그런 게 있을까? 나도 한때는 세상 모든 일에 이유가 있다고 생각했었다. 내 이름이 우승하인 것도, 실제로 전국의 각종 육상 대회를 휩쓸며 상을 받은 것도, 하다못해 출전을 앞두고 발목을 접질렀을 때도 전부 이유가 있을 거라고 생각했다. 이건 주인공의 극적인 성공을 위한 일시적인 시련에 불과해, 전부 타당한 이유가 있을 거야, 하고 말이다. 하지만 이제는 그런 건 없다는 걸 안다. 있다고 하더라도 내가 주인공이 아닌 이상 모든 사건에 의미가 있지는 않다는 걸 안다. 세상은 그냥 마구잡이로 흘러가는 것이다. 그러니 기주영이 스크린 속 세계에서 튕겨져 나온 것도, 아무 이유 없을 수 있다. 그냥 사후 세계의 어떤 행정 체계가 오류를 일으켰을 뿐. 하지만 그런 말을 기주영에게 할 수는 없었다. 기주영은 꼭 길 잃은 미운 오리처럼 안쓰러웠고, 내 눈꺼풀은 추를 매단 듯 무거웠기 때문에.

옆에서 리라 언니의 코골이가 들려왔다. 나는 반쯤 잠에 빠진 채로 답했다.

"이유가 있긴 하겠지……. 아무리 사소하더라도."

다음 날, 가장 먼저 눈뜬 건 나였다. 나는 가만히 누워 있는 기주영을 한번 본 뒤, 늘 그랬듯 휴대폰을 확인했다. 밤새 쌓인 광고 메시지들을 훑고 포털에 들어가자 어떤 기사가 눈에 띄었다.

배우 정하준이 어제 자정, 교통사고로 사망했다는 소식이었다.

아빠는 승부욕이 강한 사람이었다. 도박을 안 해서 천만다행이다 싶을 정도로 이기고 지는 게임에 사족을 못 썼다. 안타까운 사실은 승부욕이 강할 뿐, 늘 이기는 사람은 아니었다는 것이다. 오히려 자주 지는 쪽이었다. 늘 이기길 원했던 그는 딸아이의 이름을 개인적인 염원을 담아 '우승하'라고 지었다.

나는 어렸을 때부터 뛰는 걸 좋아했다. 너무 잘 뛰어서 공원에 데려가면 부모님이 감당하기 힘들 정도였고, 잃어버릴 뻔한 적도 수차례였다. 그렇게 달리기를 좋아하던 내가 육상을 시작한 건 물이 아래로 흐르듯 당연한 일이었다. 빠른 속도로 달릴 때 얼굴을 할퀴는 바람이 좋았다. 목표 지점에 먼저 도착해 숨을 몰아쉬며, 내 다음으로 들어오는 이들을 반기는 게 좋았다. 진부한 표현이지만, 두 다리만 있다면 세상 어디든 갈 수 있다고 믿었다. 나의 믿음은 속도로 증명되었다. 교내 대회든 전국 대회든 출전해서 입상하지 않은 적이 없었다. 아빠가 지어 준 이름대로 나는 늘 우승했고, 그래서 주인공일 수 있었다. 아무리 공평한 척해 봤자 결국은 제일 빠른 사람만 기억하는 게 사람들이니까. 나는 그렇게 평생 달릴 수 있을 줄 알았다. 단 한 번도, 달릴 수 없는 미래에 대해서는 상상해 본 적이 없었다.

대학은 체육 특기자로 진학할 계획이었다. 안정적인 체육 교사나, 연구직도 관심이 있었지만 일단은 더 넓은 필드에서 선수 생활을 해 보고 싶었다. 그러기 위해서는 무엇보다 훈련과 대회가 중요했다. 큰 선수권 대회를 앞둔 날이었다. 자고 일어나 서는데 무릎이 약간 시큰거렸다. 뛰는 자세가 삐끗하면 종종 있는 통증이었다. 보통은 스트레칭을 하고, 훈련 강도를 조금 낮추면 하루 이틀 안에 나았다. 크게 신경 쓰지 않고 마사지와 스트레칭을 한 후 등교 버스를 기다렸다. 비가 오는 날이라 사람이 많았다. 도착한 버스에 급히 오르는 찰나, 무릎에 아침과 다른 뾰족한 통증이 번져 발이 미끄러졌고 발목을 접질렸다.

다리를 절뚝거릴 정도였으므로 대회는 출전할 수 없었다. 처음에는 괜찮다고 생각했다. 많은 선수들이 부상을 경험했고, 극복하여 잘 뛰고 있으니까. 발목 접질림 정도는 큰 사고도 아니니까. 내가 잃어버린 기회는 딱 하나일 뿐이라고. 그 정도야 얼마든지 따라잡을 수 있다고. 하지만 일부러 찾아간 스포츠 부상 전문 의사는 심각한 표정을 지으며 말했다. 한평생 유명 선수들을 전담했다는 의사였다.

"더 큰 병원에 가 봐야겠습니다. 발목이 문제가 아니라, 무릎에 작은 혹이 보여요."

곧장 부모님과 함께 대학 병원을 찾았다. 다행스럽게도 골육종은 아니었다. 물혹과 염증이 하필 너무 가까이에 함께 생겨 뭉쳤다는 것이다. 암이 아니라는 말에 부모님은 안도했고, 나 역시 긴장을 내려놓았다. 하지만 그 이후에 이어진 의사의 말은……

"일단 염증 치료 후 물혹 제거 수술을 하죠. 이후에도 꾸준히 내원하며 관찰을 해 봐야 합니다. 무릎에 무리가 가는 운동은 당분간 자제하셔야 해요. 물혹의 크기가 일반적인 경우보다 커요. 악성이 아닌 건 다행이지만 다른 질환의 한 종류이거나 전조 증상일 수 있어요."

그 말이 모든 걸 바꾸었다. 늘 나를 응원해 주던 부모님은 내가 육상을 아예 그만두길 바랐고, 하루 종일 골육종과 선수 부상, 무릎 통증 등을 검색하며 전전긍긍했다. 염증 치료를 하는 동안 나 역시 괴로웠다. 함께 달리던 친구들을 멀리서 바라보며, 붉게 부은 무릎을 원망스럽게 노려볼 수밖에 없었다. 출전하려 했던 선수권 대회의 금메달은 이제껏 나보다 한발 늦게 들어오던 친구가 탔다. 진심으로 축하해 주었지만 집에서는 밤새 울었다. 친구의 성취를 온전히 축하하지 못하는 스스로가 너무 한심했고, 그 모든 게 내 무릎 탓 같았다.

물혹 제거 수술을 한 후에는 한동안 병원 침대 신세를 져야 했다. 많은 친구들이 병문안을 왔다. 나는 그들 앞에서 애써 밝은 척을 했고, 금방 다시 달릴 수 있다며 허세를 부렸다. 나 대신 금메달을 딴 친구를 향해 비아냥과 못된 말을 내뱉지 않기 위해 안간힘을 썼다. 그들이 모두 돌아간 후에는 이루 말할 수 없는 참담함이 찾아왔다. 무리해서 재활을 시작했으나 그 때문인지 예후가 좋지 않았다.

물혹을 제거한 지 2주가 채 되지 않아 또다시 작은 물혹이 생겼다. 우리 승하는 달릴 때 제일 멋있다던 부모님은 이제 얼굴만 보면 가만히 있으라는 말밖에는 하지 않았다. 내가 하루 종일 침대에 누워만 있길 바라는 것 같았다. 평생을 달리던 사람이 한곳에 고여 있으려니 속이 썩어 가는 건 당연했다. 그러는 사이에 시간이 훌쩍 흘렀고, 두어 번의 대회가 더 지났다. 친구들이 스스로의 기록을 갈아 치울 동안 나는 무릎 수술을 두 번이나 더 받았다. 이윽고 퇴원해도 된다는 의사의 말을 들었을 땐 기쁘기보단 허망했고, 나는 이미 동력을 잃은 채였다.

다시 뛸 수 있게 되었다 하더라도 이전의 기록이 나올 리 없었다. 내가 뛰는 게 더 이상 부모님의 자랑이 될 수 없었고, 나 역시도 달릴 때의 감각을 온전히 즐길 수 없었다. 늘 가장 빨리 달렸던 나는 그만큼 더 세게, 우스꽝스럽게 넘어졌다. 내 뒤에 있던 친구들은 이미 저 앞으로 멀어져 있었다. 내가 가장 견딜 수 없던 점은 바로 그것이었다. 내가 더 이상 트랙 위의 주인공이 아니라는 사실. 주연에서 조연으로, 조연조차 되지 못한 엑스트라로 튕겨진 기분. 도망치고 싶었다. 트랙이 아닌 곳으로.

달리는 아이들이 보이지 않는 곳으로.

학교에서는 화장실을 제외하곤 언제 어디서든 운동장이 보였다. 그곳에는 항상 달리는 육상부 친구들이, 그리고 이유 없이 뛰노는 아이들이 있었다. 그들을 볼 때마다 그들의 탓이 아닌 걸 아는데도 꼭 소중한 무언가를 빼앗긴 듯한 감정에 사로잡혔다. 그런 내 자신이 또 싫어졌고…… 나는 스스로를 사랑할 수 없게 되었다. 누군가 말했다. 스스로를 사랑하지 못하는 인간은 타인도 사랑할 수 없다지. 결국 친구들과도 멀어져 나는 완전히 혼자가 되었다. 온 세상의 색깔이 사라진 것 같았다. 모두들 1800만 화소의 세상에 사는 데 나 혼자 흑백 화면에 멈추었다. 앞으로 뭘 해야 할지, 무엇을 하고 싶은지 하나도 알 수 없었다. 학교에 오면 하루 종일 잤다. 그때 난 온통 도망치고 싶다는 생각뿐이었다.

여름 방학을 한 달 앞둔 어느 날이었다. 막내 삼촌에게서 연락이 왔다. 함께 일하던 숙모가 영화관의 재정난으로 결국 이전 직장으로 돌아가게 되었다며, 일손이 부족하다고 한참 동안 하소연을 해 댔다. 일손은 부족하지만 일손을 구할 자금은 없는 상태였다. 엄마는 영화관을 폐업하거나, 그 건물을 팔아 다른 사업을 해 보라고 조언했지만 삼촌은 그런 피가 되고 살이 되는 조언은 귓등으로 흘려보내며 제 할 말만 되풀이할 뿐이었다. 그냥 하소연할 사람이 필요한 것 같았다. 그리고 그때. 옆에서 손톱을 깎으며 대화를 엿듣던 나는 별안간 홀로 조용히 낡아 가는 영화관에 스스로를 대입하는 자기 연민의 늪에 빠졌고…… 불쑥 가고 싶다고 말했다. 삼촌의 영화관에. 꿋꿋이 조촐한 세 개의 상영관을 여는 남주극장에.

엄마는 어째선지 그걸 '삼촌의 일을 돕겠다.'라고 알아들었다. 어쩌면 약간의 바람이 반영되었을 수도 있다고 생각하지만, 뭐 상관없었다. 부모님은 퇴원 이후 내가 처음으로 뭔가를 하고 싶다고 말했다는 사실에 엄청난 감동을 받은 듯했다. 엄마는 물론 아빠까지도 선뜻 내가 여름 방학을 삼촌네에서 보내는 걸 허락했다. 주의 사항은 무리해서 일하지 말라는 것, 단한 가지였다.

어째서 충동적으로 그런 말을 했는지는 스스로도 알 수 없었다. 하지만 나쁘지 않을 것 같았다. 영화관에는 뛰는 곳이 없으니까. 모두가 같은 화면을 보며 가만히 앉아 있으니까. 도망가고 싶은 나에겐 아주 제격 아닐까?

그러니까, 난 어느 날 갑자기 영화에서 튕겨져 나온 기주영과 다를 바가 없다. 차이가 있다면 나는 남주극장에 도망쳐 왔고, 그는 죽어서 왔다는 것이다. 어쨌든 우리는 많이 닮았다. 적어도 나는 그렇게 생각한다. 그래서, 그 애가 주연이든 조연이든 엑스트라든 간에 편안해졌으면 좋겠다고도 생각했다.

아침의 리라 언니는 예민하다. 아니, 단순히 예민하다는 표현을 넘어서 성격이 더러워진다. 아침에는 절대 먼저 말을 걸지 말 것. 리라 언니 집에서 몇 번 자고 가면서 깨달은 불문율이었다. 리라 언니가 좀비처럼 비척거리며 일어나 학교에 갈채비를 할 동안 나는 속으로 정하준의 죽음과 기주영의 등장사이의 연관 관계를 고민했다. 얼굴 한번 직접 본 적 없는 사이지만…… 그가 죽었다는 사실이 쉽사리 믿기지 않았다. 기사는 불과 한 시간 전에 뜬 것이라 아직 자세한 내용은 보도되지 않았다.

"나 학교 다녀올 테니까 라면 끓여 먹고 있어."

언니가 나간 후 나는 이불을 걷고 일어나 앉았다. 그리고 기주영에게 말했다.

"어제 자기 전에 그랬지. 네가 여기서 눈뜬 이유가 있을지 모른다고. 진짜 그럴지도 몰라."

기주영이 눈을 맞춰 왔다. 나는 휴대폰에 뜬 기사를 보여 주었다.

"정하준이 죽었대."

"이쪽 세상에서 내 얼굴을 가진 사람 말이야?"

"응. 딱 네가 영화관에 나타난 그 시간에. 뭔가 관련이 있지 않을까?"

문득 도플갱어가 서로 만나면 죽는다는 괴담이 떠올랐지만, 털어 냈다. 기주영과 정하준은 만난 적이 없다. 게다가 아직 좀 더 알아봐야겠지만 보도상으로는 정하준이 사망한 후에야 기주영이 나타났다. 죽은 정하준이 그를 불러낸 것이 아니고서야……까지 생각했을 때, 배에서 요란한 소리가 울려 퍼졌다.

"라면 끓여 줄까? 나 잘 끓여."

기주영이 물었다. 배우 정하준과 똑같은 잘생긴 얼굴로 그렇게 말하는데 거절할 수 있는 사람은 없을 것이다. 물론 머리 한쪽이 영화 속 좀비 못지않게 처참히 깨진 채였지만, 뭐. 나는 속절없이 넘어갔다. 무엇에 홀린 듯이 고개를 끄덕이자 기주영이 리라 언니가 말한 찬장에서 라면과 냄비를 꺼냈다. 그러고 보니, 영화 안에서 기주영이 마지막으로 먹은 음식도 라면이었는데. 조사를 하러 온 주인공 형사에게 자리를 비운 부모님을 대신해서 라면을 끓여 줬었다. 순식간에 리라 언니의 원룸에 매콤한 라면 냄새가 퍼졌고, 기주영이 달걀 누른자 위에 파를 송송 뿌리고 고춧가루와 후추를 친 라면을 대령했다. 영화 속에서 보았던 바로 그 라면이었다. 나는 꼭 주인공이 된 듯한 기분으로 라면을 비웠다. 환상적인 맛이었다.

리라 언니에게 메시지를 남긴 후 우리는 영화관으로 돌아갔다. 오늘은 한 달에 한 번뿐인 휴무일이었으나, 나에게는 열쇠가 있었다. 텅 빈 영화관은 사실 그리 낯설지 않다. 휴무일이나 영업일이나 비슷할 만큼 사람이 없기 때문이다. 우리는 기주영이 나타난 3관에서 다시 「천사는 없다」를 틀어 놓고 앉았다. 그새 정하준의 SNS에는 그의 가족이 대신 적은 글이 올라왔고, 무수한 댓글은 젊은 라이징 스타의 죽음에 안타까움을 표했다.

나는 멍하니 화면을 바라보는 기주영의 옆모습을 훔쳐봤다. 이쪽의 정하준이 죽자 저쪽의 기주영이 나타났다. 생물학적으로 완전히 일치하는 둘. 하지만 가지고 있는 기억은 전혀 다른 둘. 둘은 그럼 같은 사람일까, 다른 사람일까? 만약 기주영의 추측대로 정말 그가 이 세상에 넘어온 이유가 있다면, 그것은 분명 정하준의 죽음과 연관이 있을 터였다. 그러자 다른 의문이 뒤따랐다. 이유를 찾아서 그것을 해결했다고 쳐. 그럼 눈앞의 기주영은 어떻게 되는 거지? 이미 죽었으니 원래 세상으로 돌아가는 건 의미가 없을 것이다. 사라지는 걸까? 영영?

그러자 문득 슬퍼졌다.

상영관은 고요했고, 영화는 어느덧 중반부에 도달했다. 살해당한 기주영이 발견되고, 충격에 빠진 형사가 눈물을 흘리며 다짐하는 장면이었다.

―주영아, 내가 꼭 그 새끼 잡아서…… 너 편히 눈 감을 수 있게 해 줄게.

형사는 기주영에게 죽은 동생을 겹쳐 보았고, 복수심을 원동력으로 살인마를 쫓기 시작한다. 그리고 영화의 결말을 알고 있는 지금, 궁금증이 생겨났다. 기주영의 죽음이 없었다면 형사는 살인마를 잡을 수 있었을지. 기주영의 죽음은 정말 피할 수 없었던 건지. 기주영의 죽음으로 주인공 서사를 완성한 영화 속 형사는, 이제 과연 행복할까? 개인적인 생각으로는, 행복하지 않을 것 같다. 소중한 사람들을 모두 잃고 주인공이 되는 건 아무 의미가 없지 않나. 그때였다. 기주영이 입을 열었다.

"내가 고민을 좀 해 봤는데, 이 영화관은 사후 세계로 가기 전 중간 단계 같아. 그러니까, 간이 정류장 같은 거. 내가 이 애매한 상태를 벗어나서 다음 단계로 가기 위해서는, 버스를 타는 것처럼 어떤 미션이 있지 않을까?"

나름대로 밤새 열심히 고민한 듯 보였다. 나는 뜬금없이 물었다.

"다음 단계가 뭔데?"

"그야 당연히…… 이쪽 세상에서 퇴장하는 거. 좀 더 제대로 된 사후 세계, 어쩌면 환생."

"결국 죽는다는 거잖아."

기주영이 당연한 소리를 하느냐는 얼굴로 답했다.

"나는 이미 죽었는걸. 죽은 채로 계속 사는 건 이상하잖아."

그러자 할 말이 없었다. 나는 뚱한 얼굴로 중얼거렸다. 그렇지. 죽은 채로 사는 건 이상하지. 당연한 말인데 어딘가 마음에 들지 않았다. 물론 기주영이 다시 부활한다거나 하는 기적을 바라는 것은 아니었다. 하지만 좀 더 극적인 일이 벌어질 수도 있는 거잖아. 어쩌면 나는 아직도 주인공에 대한 미련을 버리지 못했는지도 몰랐다. 스크린에서는 형사와 살인마가 피 튀기는 추격전을 벌이고 있었다. 그 순간이었다. 기주영이 갑자기 고개를 돌려 나를 바라봤다.

"그래도, 이쪽 세계에서 처음 만난 사람이 너라 다행이야."

그 순간, 꼭 단거리 경주 자체 기록을 깨뜨렸을 때처럼 심장이 뛰었다. 나는 태연한 척 대꾸했다.

"나 아니었으면 어디 연구소에 끌려가거나 죽은 후에 또 사살됐을지도 모르니까?"

기주영이 씩 웃으며 고개를 끄덕였고, 나도 바람 빠지는 소리를 내며 웃었다. 그리고 다시 정적이 찾아왔다. 나는 새까만 영화관의 천장을 보며 아까부터 생각하던 걸 입 밖으로 꺼냈다. 기주영도 충분히 예상하고 있었을 말을.

"정하준이 사고를 당한 그 순간, 네가 나타났어. 정하준에게 미련이 있는 거 같아. 우리가 그걸 풀어 주자."

영화는 클라이맥스를 지났다. 모든 사건이 끝난 후, 형사는 죽은 동생과 기주영의 봉안당에 찾아와 푸념을 늘어놓는다. 그리고 떠나기 전 작게 말한다. 이제 편히 떠나도 돼. 물론 우리가 틀렸을 수도 있다. 기주영이 나타난 데에는 사실 별다른 이유가 없으며, 그는 혼자 갑자기 사라질 수도, 어쩌면 좀비 같은 상태로 영원히 이 세상을 떠돌지도 모른다. 하지만 일단은 할 수 있는 걸 해 봐야 한다는 생각이 들었다. 기주영이 저 끝에 있는 게 무엇이든, 단지 지금 상태에서 벗어나기를 원하듯이. 달리기를 그만둔 이후로 오랜만에 느껴 보는 목표 의식이었다. 어딘가로 달려가고 있다는 감각. 하나 다른 점이라면, 혼자 달리는 것과는 다르게 함께 달리는 이가 있다는 것이다. 나는 기주영과 눈을 맞췄다. 기주영도 나를 바라봤다. 그가 고개를 끄덕였다.


우리는 상영관에서 사무실로 자리를 옮겼다. 그리고 휴대폰과 노트북을 하나씩 붙잡고 정하준에 관한 정보를 샅샅이 모으기 시작했다. 정하준은 데뷔한 지 3년째였으나, 무명이었던 탓에 정보가 많지는 않았다. 대부분 이번 영화가 흥행하면서 하게 된 인터뷰였다. 정하준의 SNS 피드를 모두 훑고, 팬 카페 글과 기사들을 두 시간 만에 섭렵한 결과, 우리는 그에 대해 몇 가지 특이점을 알아냈다.

1. 정하준의 부모님은 정하준이 배우가 되는 걸 결사반대했다. 성적이 우수한 모범생이었기 때문에 평범한 회사원이 되기를 원했다.
2. 정하준은 「천사는 없다」가 개봉하기 하루 전, 의미심장한 게시 글을 올렸다.
   [어쩌면 마지막 기회. 이제 도망칠 곳이 없다. 신의 뜻에 따라야겠지.]
3. 정하준은 박동진 감독의 열렬한 팬이다. 그는 인터뷰에서 이렇게 말했다.
   [언젠가 제가 많이 성장해서, 박동진 감독님과 함께 작품을 할 수 있다면 죽어도 여한이 없을 것 같습니다. 제가 배우를 하고자 마음먹은 이유가 바로 박동진 감독님의 영화 「환생」 때문이거든요.]
4. 그는 연애를 안 한 지 2년째다(거짓말일 수도 있지만).

적어 놓고 보니 그다지 별 볼 일 없는 정보들이었다. 부모님과 사이가 좋지 않고 애인도 없다면, 사람에 관한 미련은 아닐 가능성이 컸다. 키우는 반려동물도 없었다. 그렇다면 직업적인 걸까? 영화 개봉 전날에 올렸다는 글을 보면 정하준은 꽤 절박했던 것 같다. 나는 검색창에 이번엔 박동진 감독을 입력했다. 작년에 칸에서 작품상을 받아 세계적으로 유명해진 감독이었다. 검색 결과 가장 위에 신작을 준비한다는 기사가 떴다. 제목을 클릭했다. 이미 시나리오 작업이 끝났으며, 캐스팅을 앞두고 있다는 내용. 남자 주인공 역할을 공개 오디션으로 뽑겠다는 공고 포스터도 함께였다. 배우 생활을 결심할 이유였을 정도로 박동진 감독의 엄청난 팬이었던 정하준. 그가 이 소식을 몰랐을 리 없었다. 같은 기사를 보던 기주영이 손가락으로 공고 속 한 부분을 가리켰다. 오디션의 마감 날짜였다.

**[오디션 신청 마감: ~6월 10일 / 결과는 한 달 이내 개별 통보 후 본 사이트에 공지]**

6월 10일. 정하준이 의미심장한 SNS 게시 글을 올린 날짜와 일치했다. 그리고 지금은 그 날짜로부터 딱 한 달이 흘렀다. 서둘러 박동진 감독의 신작 캐스팅에 대해 검색을 해 보았지만 아직 결과 공지는 뜨지 않은 듯했다. 개별 통보도 가지 않았는지, 배우 지망생 카페에는 박동진 감독의 캐스팅과 정하준의 죽음에 관한 이야기가 한창이었다. 나는 기주영을 바라봤다. 기주영도 눈을 맞춰 왔다. 서로가 같은 추리를 했다는 걸 느낄 수 있었다.

"내가 정하준이라면, 궁금해서 견딜 수 없을 거야."

"오디션 결과를 알아내야 해."

호쾌하게 외쳤지만 우리는 금방 난관에 부딪혔다. 박동진 감독의 사무실은 압구정동. 배우 정하준의 빈소를 차렸다는 병원은 동대문구의 한 장례식장이었다. 하지만 우리는 서울에서 276킬로미터 떨어진 남주시의 남주극장에 있다. 게다가 한 명은 좀비에, 한 명은 미성년자다. 기동성이 떨어져도 너무 떨어진다. 서둘러 기차표를 끊어야 하나, 고민할 때였다. 사무실의 문이 열리더니 검은 봉지를 든 리라 언니가 들어섰다. 아침의 우중충한 기운이라고는 하나도 남지 않은 생기 가득한 상태였다. 나는 봉투에서 아이스크림을 꺼내 건네는 언니를 향해 다짜고짜 물었다.

"언니, 면허 있지?"

한참을 자고 일어났는데도 창밖은 똑같은 풍경이었다. 아직 서울까지는 두 시간이나 남은 지점이었다. 신이 나서 운전대를 잡은 언니도 지쳐 보였다. 잠을 자지 않는 기주영이 옆에서 말동무를 해 줘서 그나마 다행이었다. 출발과 동시에 신생아처럼 잠들었던 나는 멋쩍게 시간을 확인했다. 오후 4시. 그렇다면 6시에는 서울에 도착할 것이다. 중요한 건 그다음이었다. 어떻게 정하준의 오디션 합격 여부를 알아내느냐.

두 가지 경우를 상상해 볼 수 있었다. 정하준이 합격했던 경우. 하지만 발표가 나기 전이고, 정하준의 죽음이 보도를 탔으니 아마 다른 배우를 다시 구할 것이다. 원래 염두에 두던 배우가 사망했다는 사실은 굳이 알리지 않을 가능성이 컸다. 두 번째는 정하준이 떨어진 경우. 그렇다면 아무것도 하지 않아도 빠른 시일 안에 결과가 발표될 거다. 어쨌든 두 경우 다 직접 찾아가 묻지 않는 이상 정하준의 합격 사실은 알 수 없다. 죽었다고 천리안을 가지게 되는 것은 아니니, 정하준이 얼마나 답답할지도 상상이 갔다. 사람이 결과는 알고 죽어야지. 나는 기주영에게 말했다.

"일단 박동진 감독 사무실 먼저 가 보자."

"갔는데 감독이 없으면?"

리라 언니가 되물었다.

"감독이 없으면 다른 직원들이라도 있겠지."

너무 무책임한 대답이 아닌가 싶었지만, 인맥도 없고 백도 없는 사람들끼리 할 수 있는 건 부딪혀 보는 것뿐이었다. 이야기를 가만히 듣고 있던 기주영이 말했다.

"일단 감독만 만나면 돼요. 그 뒤는 저한테 맡겨요."

"무슨 계획이라도 있어?"

보조석에 앉은 기주영이 나를 돌아보았다. 엊저녁부터 내내 함께 있었지만 저 잘생긴 얼굴은 적응이 안 된다. 그런 내 속을 알 리 없는 기주영이 태연히 대답했다.

"난 죽은 정하준이랑 똑같이 생겼잖아. 그리고 이 후드 집업 모자를 벗으면…… 보다시피 죽었을 때 모습 그대로고."

무슨 말인지 모르겠다는 표정을 하자 기주영은 친히 덧붙였다.

"너 자는 사이에 박동진 감독에 대해 좀 더 찾아봤어. 영화 개봉 때마다 무당을 찾아갈 정도로 미신을 믿는대. 그런 그 앞에 내가 나타난다면 어떻게 보일 거 같아?"

"정하준의 유령,"

"그래. 오디션 결과가 궁금해서 죽어서까지 찾아왔다는데 누가 외면하겠어? 묻는 말에 답을 해 줄 수밖에 없을 거야. 우리는 박동진 감독을 찾기만 하면 돼."

그렇게 말하는 기주영은 어딘가 좀 신나 보였고, 그건 나도 마찬가지였다. 늘 정해진 트랙 위를 달리던 나로서는 첫 일탈이나 다름없었다. 우리는 비상시에 대비해 작은 계획 몇 가지를 더 짰다. 우리의 추리가 과연 정답일지, 이 허술하고 작은 일탈이 성공할지는 생각하지 않기로 했다.

톨게이트를 지난 건 서울의 고층 건물들 사이로 해가 떨어지는 퇴근 시간대였다. 러시아워를 뚫고 압구정에 도착했을 땐 우리 셋 다 녹초가 된 상태였다. 몸은 피곤했으나 피가

끓는 듯한 착각이 일었다. 박동진 감독의 사무실은 압구정의 6층짜리 건물 3층에 위치해 있었다. 우리는 미리 맞췄던 대로 방문 벨을 눌러 댔다. 인터폰 너머로 무슨 용건이냐는 직원의 목소리가 들려왔다.

"지난달에 강의 오셨던 전산예술고등학교 영상과 학생인데요, 오늘 박동진 감독님이 인터뷰해 주신다고 하셔서 찾아왔습니다."

"전산예고요? 오늘 잡힌 인터뷰 일정은 없는데."

"감독님이 서울 올 일 있으면 꼭 찾아오라고 하셨는데……."

직원은 당황한 목소리로 되물었다.

"그럼 전산시에서 여기까지 오신 거예요?"

"네."

물론 우리는 전산예고 학생도 아니고 전산시 주민도 아니었지만 지난달에 박동진 감독이 전산예고에서 강연을 한 건 사실이었다. 인터폰 너머가 소란스러워졌다. 잠시 후 다시 돌아온 직원은 잔뜩 미안해하는 목소리로 답했다.

"정말 죄송하지만 박동진 감독님이 조금 전에 급한 일정 때문에 자리를 비우셨어요. 연락처 알려 주시면 감독님께 전달해 드릴 테니까 인터뷰는 다음번에……."

급한 일정? 바로 그걸 알아내는 게 중요했다. 우리는 지금 당장 박동진 감독을 만나야만 했다. 사무실에 쳐들어가서 일정표라도 뒤져야 하나? 그때였다. 기주영이 태연히 인터폰 앞에 섰다. 얼굴은 가려지고 교복 상의는 드러나는 각도였다. 그러고는 생떼를 부리기 시작했다.

"급한 일정이 뭔데요? 정말 잠깐만 뵐 수 없을까요? 저희 오늘 여기 오려고 한 달치 용돈도 다 썼거든요. 제 꿈이 영화감독이라 감독님한테 물어보고 싶은 거 진짜 많았는데 이렇게 그냥 가야 하나요. 사실 오늘 서울 온 이유가 병원 진료 때문이거든요. 다음이 없을지도 몰라요……."

마지막에는 약간 울먹거리기까지 하는 게 아닌가. 순간 그에게 배우 정하준이 빙의한 줄 알았다. 직원은 어쩔 줄 몰라 했고, 몇 번의 투닥거리는 소리 끝에 좀 더 연륜이 있는 듯한 목소리가 나타났다.

"사정은 안타깝지만 감독님이 상가 조문을 가셔서 저희도 어쩔 수가 없어요."

조문이라는 말에 우리는 서로를 마주 보았다. 다음 목적지가 정해졌다. 정하준의 장례식에 그와 똑같은 얼굴을 한 기주영이 가도 되는 걸까 싶었지만…… 여기까지 온 이상 어쩔 수 없었다. 정하준도 우리가 포기하는 걸 바라지는 않을 테다. 나는 인터폰에 대고 그럼 다음에 뵙겠다고 크게 외쳤다. 그리고 기주영의 손을 잡은 채, 리라 언니의 차가 있는 곳을 향해 달렸다.

한 달 만에 온 서울의 하늘은 늘 그랬듯이 심심했다. 별도 없고 구름도 없었다. 온통 전선, 전선들뿐이었다. 그 전선이 꼭 결승선 같았다. 친근하기 짝이 없는 매연과 공사장 냄새. 문득 나는 아주 오랜만에 달린다는 사실을 깨달았다. 무릎이 시큰 거렸지만 초조하지도, 답답하지도 않았다. 나는 초를 세지도, 기록과 미래를 걱정하지도 않았다. 내 옆에는 비틀거리는 미소년 좀비가 함께였다.

막 빛을 보기 시작한 신인 배우의 갑작스러운 죽음에 장례 식장은 조문 온 이들로 넘쳐났다. 팬 카페에서도 조화를 보냈고, 상가 안까지 들어가진 못하더라도 많은 이들이 눈물 흘리며 꽃을 남겼다. 우리 셋은 뿔뿔이 흩어져 박동진 감독을 찾기 시작했다. 태어나서 처음 와 보는 장례식장은 엄숙했다. 짙은 슬픔의 농도에 짓눌리는 것만 같았다.

한참을 뒤졌지만 박동진 감독은 보이지 않았다. 설마 아직 도착하지 않은 걸까? 그러는 사이, 나와 리라 언니는 악성 팬으로 오해를 받아 경호원에게 붙잡혔다. 남자 연예인의 팬이 여자뿐일 거라는 편협한 사고 덕분에 기주영은 다른 층 조문객인 척하며 입장할 수 있었다. 우리는 차로 돌아가 초조히 그를 기다렸다. 기주영에게 휴대폰이 없다는 사실을 깨달은 건 얼마 되지 않아서였다. 그리고 그와 동시에 장례식장 입구에서 소란이 일었다. 중년 남성의 비명이 들렸다. 웅성거리는 소리와 모세의 기적처럼 갈라지는 인파 사이로 사색이 된 남자가 뛰쳐나왔다. 박동진 감독이었다.

"정, 정하준! 저기에 죽은 정하준이!"

발이 꼬여 시멘트 바닥에 구르듯 넘어진 그가 떨리는 손가락으로 어딘가를 가리켰다. 보도 가운데에 덩그러니 선 기주영이 보였다. 주변 사람들이 그를 유심히 바라보았다. 얼굴을 들키면 안 된다. 그럼 기주영의 존재가 위험해질 뿐만 아니라 정하준의 장례식도 난장판이 되어 버릴 것이다. 나는 리라 언니와 함께 기주영에게로 달리기 시작했다. 기주영은 이러지도, 저러지도 못한 채로 박 감독을 향해 다가갈 뿐이었다. 박 감독은 엉덩이걸음으로 뒷걸음질을 쳤고, 인파 사이로 나타난 그의 지인이 그를 일으켜 세웠다. 박 감독의 공포에 질린 목소리가 귀에 닿았다.

"저기 분명 정하준이 있어⋯⋯. 저기 서 있다고! 왜 날 찾아왔지? 캐스팅 때문인가?"

딩동댕, 정답입니다. 하지만 붙잡고 그렇게 얘기할 수는 없는 일이다. 나는 주변 상황을 살폈다. 박 감독에게 다가가기엔 사람이 너무 많았다. 그 순간 눈이 마주친 기주영을 향해 자리를 옮기라고 손짓했다. 한 번에 알아듣지 못한 기주영이 답답한 듯 뭐라고 외치며 눈썹을 찌푸렸다.

나는 계속 박 감독을 쫓았다. 혼비백산한 그는 지인을 따라 사람들 틈으로 섞여 들었다. 그를 따라가려는데, 리라 언니가 불쑥 어깨를 붙잡았다. 그리고 눈을 크게 뜬 채 기주영의 등

뒤를 가리켰다.

누군가 서 있었다. 기주영과 똑같이 생긴 여자였다. 우리는 멍하니 꼼짝도 할 수 없었다. 여자가 손을 들어 기주영의 어깨를 붙잡았다. 기주영이 화들짝 놀라 돌아보았다. 허공에서 둘의 시선이 부딪혔다. 여자도, 기주영도 놀란 듯했다. 나는 서둘러 그의 옆으로 다가갔다. 검은 상복을 입고 머리를 높이 올려 묶은 여자가 기주영을 똑바로 보며 말했다.

"하준이 누나예요. 저랑 잠깐 이야기 좀 해요."

정하준의 누나 정한아가 유족 전용 휴게실에서 우리에게 건넨 것은 깨진 휴대폰이었다. 우리는 그것을 받아들고 정한아를 바라보았다. 얼마나 울었는지 보는 사람이 쓰라릴 정도로 눈가가 짓물러 있었다. 정한아는 기주영에게서 시선을 떼지 않은 채로 말했다.

"얼굴 좀 봐도 될까요?"

우리는 망설였다. 마스크와 후드 집업 모자 아래에는 일반적인 범위에서 벗어난 상처가 있었다.

"하준이와 정말로 같은 얼굴인지만 확인하면 돼요."

그 말에 기주영이 마스크를 벗었고, 정하준의 누나가 짧게 탄식을 뱉었다. 파리한 얼굴에 복잡한 감정이 고스란히 드러나 보였다. 그러고는 시선을 내려 휴대폰을 가리키며 말했다.

"어젯밤 꿈에 그 애가 나왔어요. 부탁 하나만 들어줄 수 있냐고 하더라고요. 오늘 장례식장에 자신과 똑같은 얼굴을 한 아이가 올 거라면서, 그럼 휴대폰을 전해 주랬어요. 그런데…… 정말로 이렇게 똑같은 분이 나타날 줄은 몰랐어요. 정말 하준이랑 많이 닮았네요."

정하준의 휴대폰. 휴대폰 안에는 많은 게 있다. 정한아의 꿈 이야기를 들은 순간 다행이라는 생각이 가장 먼저 들었다. 우리의 추리가 어느 정도는 들어맞은 것이다. 저쪽 세계에서 기주영이 튕겨져 나온 이유가 있다는 사실에, 우리의 충동적인 여정이 헛되지 않았다는 사실에 안도했다. 정한아는 눈시울을 붉히며 덧붙였다.

"그 안에 차마 확인하지 못한 게, 있는 것 같아요."

머릿속에 한마디가 떠올랐다. 합격자 개별 통보. 우리는 떨리는 손으로 정하준의 휴대폰을 들었다. 기주영이 얼굴을 가져다 대자 페이스 암호는 쉽게 풀렸다. 앱들을 넘겨보다 빨간 알림 표시가 뜬 메일함을 발견했다. 이번에도 기주영의 페이스 아이디로 쉽게 들어갈 수 있었다. 어쩌면 정하준이 기주영을 불러낸 이유가 다름 아닌 페이스 아이디 때문이 아닐까 하는 생각까지 들었다. 우리는 숨을 참고 액정 화면을 바라봤다. 열어 보지 않은 메일 한 통이 굵은 글씨로 존재감을 뽐냈다.

[정하준 배우님, 영화 「지옥보다 낯선!」 캐스팅 관련하여 말씀드립니다.] 00:20

기주영이 그것을 눌렀다. 결과는⋯⋯.

「천사는 없다」가 흥행하기 전, 정하준은 선택의 기로에 놓여 있었다. 기약 없는 배우 생활을 계속할지, 지금이라도 대학에 진학할지, 아니면 군대에 갈지. 스물셋이면 아직 많은 나이는 아니었지만, 주변 친구들이 하나둘 나름의 삶을 꾸릴 준비를 하는 동안 그는 초조함을 느낄 수밖에 없었다. 수십, 수백 번의 오디션을 보러 다녔으나 30초, 길면 10분 정도 등장하는 배역이라도 맡으면 다행이었다. 계속해 볼지, 관둘지 선택할 수 있으나 관두는 순간 지금까지 해 온 것들은 아무 의미도 얻지 못한다. 그건 그 자체로 두려운 일이었다. 애초에 배우를 반대했던 부모님은 끊임없이 정하준의 선택이 틀렸다며 한숨을 쉬었다. 너 나왔다는 영화 봤다. 5분도 안 나오던데 도대체 주연은 언제 하는 거니? 그럴 거면 그냥 지금이라도 대학에 가. 늘 듣던 소리였다.

「천사는 없다」가 입소문을 타 기적적으로 500만 관객을 넘긴 날, 회식 자리에서 조금 일찍 빠져나온 정하준은 기분 좋게 취한 채로 새벽의 도로 앞에 서 있었다. 신호등이 초록불로 바뀌었고, 손에 휴대폰을 들고 길을 건너던 바로 그때 한 통의 메일이 도착했다.

블랙박스 영상 안에서, 도로를 건너던 정하준은 홀린 듯이 멈춰 섰다. 그리고 그곳이 도로 한복판이라는 사실도 잊은 채, 휴대폰을 들여다보았다. 긴장이 되는지 몇 번의 심호흡 끝에 메일을 확인하려는 그 순간…… 비틀거리는 음주 운전 차량이 시속 80킬로미터의 속도로 돌진했다.

00:20. 메일의 제목 옆에 찍힌 시간은 기주영이 사고를 당한 바로 그 시각이었다. 마지막 순간까지도 휴대폰을 꼭 쥐고 있었다. 정하준의 누나가 해 준 이야기였다.

정하준은 결국 박동진 감독의 영화 남자 주인공에 캐스팅되지 못했다. 메일은 탈락을 알리는 내용이었다. 하지만 본문에는 다른 제안이 함께 적혀 있었다. 이미지가 맞지 않아 안타깝게도 주연 배우로는 함께할 수 없지만, 비중이 큰 상대 악역 캐릭터를 맡아 보면 어떻겠냐는 제안이었다.

우리는 정한아와 함께 장례식장으로 들어갔다. 그곳에서 국화꽃 한 송이씩을 들어 놓으며 그가 편안해지길, 더 이상 어떤 미련도 가지지 않기를 진심으로 바랐다. 꽃을 두고 밥을 얻어먹은 후 나는 기주영과 함께 식장을 나와 섰다. 마스크와 집업 사이로 그의 깨끗한 이마가 보였다. 상처가 사라진 채였다.

어째선지 그의 윤곽이 조금 흐려진 것 같기도 했다. 나는 손을 뻗어 그의 매끈해진 이마를 만졌다. 다행히 아직은, 분명히 만져졌다. 지금이 영화라면 분명 기승전결의 '결'에서도 아주 끝자락일 것이다. 나는 기주영에게 물었다.

"기분이 어때? 무슨 조짐이 느껴져?"

기주영은 고개를 저으며 답했다.

"아무것도. 승천할 것 같은 기분이 들면 말해 줄게."

"응. 꼭이야."

장례식장에서 나온 우리는 다시 리라 언니의 차로 돌아갔다. 누군가 말했다. 남주극장으로 돌아가자.

하지만 하루 만에 남주에서 서울을 왕복하는 건 무리한 일정이었다. 우리는 셋 다 너무 지쳐 있었다. 서울을 빠져나와 한 시간 정도 달렸을 때, 리라 언니는 도저히 더 이상 운전을 할 수 없다고 선언했다. 새벽 2시가 가까운 시간이었다. 우리는 마감 준비를 하는 휴게소에서 우동으로 배를 채우고 다시 차로 돌아왔다. 내비게이션으로 근처를 검색해 보는데 자동차 극장이 떴다. 폐관이 얼마 남지 않은 곳이었다. 리라 언니가 말했다.

"남주극장은 아니지만, 여기도 극장이니까. 영화 상영 끝났어도 상관없지?"

우리는 고개를 끄덕였다. 눈가가 퀭해진 리라 언니가 마지막 힘을 끌어모아 차를 몰았다.

도착한 자동차 극장은 큰 호수를 앞에 두고 있었다. 꼭 바다처럼 보이는 넓고 검은 호수였다. 아무도 없는 그곳에 도착하자 보이지 않는 누군가가 우리를 이곳으로 인도한 듯한 기분이 들었다. 근방에는 다행히도 편의점과 모텔이 몇 채 있었다. 언니가 씻을 방을 구하겠다며 내렸다.

뒷좌석에 나란히 어깨를 기대고 앉은 우리는 자동차 극장의 텅 빈 스크린을 응시했다. 피곤해서 눈꺼풀이 막 감겼다. 기주영이 마찬가지로 피곤에 찌든 목소리로 말했다.

"예전에, 꼭 이런 장면으로 끝나는 영화를 본 것 같아."

"나도 그 영화 알아. 떠오르는 해를 보면서 두 사람이 함께 눈을 감는."

"여기에도 그 영화가 있구나. 그들이 현실인 세계도 있겠지?"

나는 기주영의 어깨에 머리를 기댄 채 고개를 끄덕였다. 기주영은 아주 작은 목소리로 덧붙였다.

"두 번째 죽을 때 내 옆에 있어 줘서 고마워. 덕분에 무섭지 않아."

나는 기주영의 차가운 손을 잡았다. 너무 차가워서 언제 녹아 없어져도 이상하지 않을 손을. 그리고 속삭였다.

"엔딩 크레디트 위에서 열다섯 번째. 난 절대 안 잊을 거야, 네 이름."

기주영이 살짝 웃었고, 나는 텅 빈 스크린과 기주영의 따뜻한 눈빛을 마지막으로 간직한 채 순식간에 잠에 빨려 들어갔다. 꿈에서 나는 기주영과 함께 동이 트는 걸 보았다. 어떤 영화의 엔딩처럼 우리는 나란히 눈을 감았다. 그리고 다시 눈을 떴을 땐 검은 호수 대신 막 떠오르는 해와 새벽 냄새, 리라 언니의 코 고는 소리가 나를 반겼다.

옆자리는 비어 있었다.

학창 시절, 중요한 시험을 망친 날 아빠와 함께 『007 스카이폴』을 보았던 기억이 납니다. 영화를 보는 동안은 원래 세계와 동떨어진 기분이었습니다. 끝난 후에도 허구 세계의 여운이 길어져 현실의 걱정으로부터 거리를 둘 수 있었죠. 학생 때에도, 성인이 된 후에도 영화관만큼 도망치기 좋은 장소가 없다고 생각합니다. 그곳은 일단 문이 닫히면, 사방이 어두워지고 모두가 같은 장면, 이야기를 바라볼 뿐이니까요.

'영화관'이라는 키워드를 들었을 때부터 이야기 안쪽의 인물과 밖의 인물이 만나는 이야기를 써야겠다고 생각했습니다. 이야기를 만드는 게 일인 사람이라, 주인공을 정하다 보면 종종 다른 인물들에게 미안하다는 생각이 들기도 합니다. 그래서 이 이야기에서만큼은 조연들이 주인공이 된 이야기를 써야겠다 결심했습니다. '최대한 귀엽고 발랄한 청춘 모험담을 써야겠다!' 하고 썼으니, 모쪼록 재밌게 읽어 주시면 감사하겠습니다.

조예은

마법사들

윤
성
희

윤
성
희

1999년 「레고로 만든 집」으로 동아일보
신춘문예에 당선하며 작품 활동을 시작했다.
장편소설 『구경꾼들』 『상냥한 사람』,
소설집 『거기, 당신?』 『감기』 『날마다 만우절』
등을 썼다. 제4회 김승옥문학상,
제52회 동인문학상 등을 받았다.

1

  나는 공중 부양을 한 적이 있다. 그것도 두 번이나. 길을 걷다 맨홀 뚜껑만 봐도 무서워 울던 어린아이였을 때였다. 그곳이 어디인지는 모르겠다. 풍선을 파는 트럭이 있었다. 트럭에는 슬러시 기계도 있었는데, 나는 파란색과 노란색 음료가 뱅글뱅글 돌아가는 것을 넋 놓고 보았다. 어머니가 "풍선 사 줄까?"하고 물었다. 나는 고개를 끄떡였다. 풍선 가게 아저씨가 풍선을 건네주면서 말했다. "꼭 잡아. 놓치면 하늘로 날아간다." 어머니가 풍선이 날아가지 않도록 내 팔목에 줄을 묶었다. 바람이 불었고, 풍선이 흔들렸고, 어느새 줄이 스르르 풀렸다. 풍선이 날아가자 나는 울었다. "안녕, 잘 가." 어머니가 하늘을 향해 손을 흔들며 말했다. 나도 어머니를 따라 풍선을 향해 두 손을 흔들었다. 그 순간이었다. 내 몸이 공중으로 떠오른 것은. 누군가 내 몸속에 바람을 불어 넣은 것 같았다. 나는 부풀어 올랐고, 풍선은 멀리 날아갔다. 초등학교 1학년 여름 방학 때 어머니가 교통사고로 돌아가셨다. 사고를 낸 사람은 아버지 차를 몰래 끌고 나온 고등학생이었다. 어머니가 중환자실에서 사경을 헤매는 동안 나는 구구단을 외웠다. 퇴원을 하면 8단과 9단을 외웠다고 자랑을 할 생각이었다. 어머니가 돌아가시고 나는 매일 똑같은 음식만 먹었다. 참치김치볶음밥. 아버지는 그것밖에 할 줄 모르는 사람처럼 매일 참치김치볶음밥만 했다. 그러던 어느 날, 새벽에 오줌이 마려워 일어났다가 나는 안방에서 들려오는 소리를 들었다. "민호, 운동화 좀 사줘." "다음 주에." 아버지가 누군가와 이야기를 하고 있었다. 나는 열려 있는 문틈으로 방 안을 들여다보았다. 아버지가 침대에 앉아 있었다. "근데 당신이 생일 선물로 사 준 셔츠 어디 있지?" "그거? 옷장 안에 있겠지. 뒤져 봐." 아버지가 혼자 묻고 혼자 대답을 했다. 나는 두 눈을 비볐다. 아버지 옆에는 아무도 없었다. 열린 창으로 바람이 불어왔고 커튼이 흔들렸다. 나는 커튼 뒤에 누군가 숨어 있는 상상을 했다. 으스스. 동굴 탐험을 간 아이들이 나오는 동화책을 읽은 적이 있는데, 거기에 그 단어가 있었다. 거기에 그 단어가 있었다. 으스스. 나도 모르게 그 말이 불쑥 떠올랐다. 그러자 몸이 가벼워졌다. 고개를 숙여 아래를 보니 발바닥이 공중에 떠 있었다. "아, 맞다. 세탁소.” 아버지가 손뼉을 치며 말했다. 뭔가 생각날 때마다 손뼉을 치며 말하는 건 어머니의 버릇이었다. “내일 봐.” 아버지가 말했다. “응, 내일 봐.” 아버지가 대답하고 침대에 누웠다. “잘 자, 엄마.” 나는 잠든 아버지를 보고 그렇게 중얼거렸다. 공중에 뜬 몸은 바닥으로 내려오지 않았다. 나는 엄지발가락에 힘을 주었다. 심호흡을 하며 천천히 열을 세자 발가락 끝이 겨우 바닥에 닿았다. 까치발을 하고 살금살금 걸어 내 방으로 돌아왔다. 다음 날 아침, 어찌된 일인지 뒤꿈치가 바닥으로 내려오지 않았다. 까치발을 하고 식탁까지 걸어간 나는 아버지에게 말했다. 참치김치볶음밥을 그만 먹고 싶다고. 그랬더니 아버지가 말했다. “미안, 오늘이 마지막이야. 엄마가 담근 김치가 이제 바닥났거든.” 아버지는 내가 까치발로 걷는다는 사실을 몇 년이 지나도록 알아차리지 못했다.

## 2

오늘 급식은 돈가스와 미역국과 깍두기였다. 다 내가 좋아하는 거라 밥을 가득 펐다. 성규가 알면 또 잔소리를 하겠지. 점심을 먹고 이를 닦은 다음 운동장에 가 보니 성규가 먼저 걷고 있었다. 성규 옆으로 가서 따라 걸었다. “칙, 칙, 폭, 폭, 잊지 말라고 했지?” 성규가 말했다. 칙칙폭폭은 성규가 나를 위해 만들어 준 구호였다. 두 번 숨을 내쉬고 두 번 숨을 들이마시고. 그렇게 숨을 쉬며 걷기만 해도 살이 빠진다고 성규는 말했다. "다시 한번 해 보자. 칙칙." 성규의 말에 나는 숨을 내쉬며 두 걸음 걸었다. "폭폭." 이번에는 깊게 들이마시며 두 걸음을 걸었다. 점심시간마다 성규가 시키는 대로 걸었지만 살이 조금도 빠지지 않았다. 그때마다 녀석은 이렇게 말했다. 자기 덕분에 더 찌지 않는 거라고. "오늘 민호는 얌전했어?" 성규가 물었다. "오늘 결석. 장염이래. 어제도 화장실 들락거리다가 조퇴했거든." 내 말에 성규가 웃었다. "쌤통이다. 사흘 내내 설사나 했으면." 나와 이름이 같은 민호는 급식 시간마다 나를 괴롭혔다. "그 애를 작은민호라고 부른 게 잘못이었어." 내가 말했다. 중학교 2학년 때 나와 민호는 같은 반에서 만났다. 담임 선생님은 우리를 '큰민호', '작은민호'라고 불렀다. 문제는 작은민호는 너무 말랐고 큰민호는 너무 뚱뚱하다는 거였다. 반 아이들은 우리 둘을 여러 가지 이름으로 불렀다. 홀쭉이와 뚱뚱이. 꼬맹이와 덩치. 반근과 열근. 심지어 젓가락과 숟가락으로 부르는 아이들도 있었다. 3학년이 되면서 반이 달라져 괜찮았다가 고등학교에 와서 다시 같은 반이 되었다. "그래서 그 애가 나를 괴롭히는 거야. 나를 미워하지 않으면 세트가 되니까." 내 말에 성규가 휘파람을 불었다. 성규는 대답하기 곤란한 말을 들으면 그렇게 휘파람을 불었다. 운동장을 한 바퀴 돌자 겨드랑이에서 땀이 나는 게 느껴졌다. 우리는 말없이 두 번 숨을 내뱉고 두 번 숨을 들이마시며 운동장을 걸었다. 그러다 불쑥 성규가 말했다. "오늘 그거 사용할 거야. 생일 쿠폰." 내가 무슨 말인지 몰라 어리둥절해하자 성규가 설명을 했다. "네 생일에 내가 소원 들어준 적 있잖아. 잊었어? 그때 네가 약속했어. 내 소원도 들어주겠다고." 성규의 말을 들으니 생각이 났다. 초등학교 6학년 때였다. 학기 초에 성규가 전학을 왔다. 후드 티 모자를 눈이 안 보일 정도로 뒤집어쓴 채. 며칠 후 학교에 이런 소문이 돌았다. 예전 학교에서 모자를 억지로 벗긴 선생님이 있었다고. 화가 난 성규가 교실 책상을 다 집어 던졌다고. 그러니 살고 싶으면 모자는 건드리지 말라고. 그 소문 때문인지 아무도 성규에게 왜 그러고 다니느냐고 묻지 않았다. 내가 다니던 초등학교에는 부설 유치원이 있었다. 유치원 건물 뒤쪽에 작은 놀이터가 있었는데 5시에 가면 아무도 없었다. 수다를 떨고 싶은 날이면 나는 거기에 가서 혼자 시소를 탔다. 시소 맞은편에 누군가 있다고 생각하면 속에 있던 말들이 밖으로 술술 나왔다. 내 생일날도 시소를 타며 그렇게 혼잣말을 하고 있는데 등 뒤에서 누군가 말을 걸었다. 너 수다쟁이구나, 하고. 뒤돌아보니 전학생 성규였다. 성규가 시소 반대편에 앉았다. 그러더니 끝말잇기를 하자고 했다. 우리는 시소를 타며 끝말잇기를 했다. 그러다 성규가 생일이라는 단어를 말했고 그 말에 내가 오늘이 내 생일이야, 하고 고백했다. 성규가 생일 선물로 소원을 하나 들어주겠다고 말해서 나도 모르게 연날리기라고 했다. 정말 연을 날리고 싶었던 것은 아니고 성규의 말에 뭐라 대답을 해야 좋을지 몰라 고개를 들고 하늘을 보았는데 연이 날고 있었다. 그날 연날리기를 하며 내가 성규에게 약속을 했다. 네 생일에도 소원 하나 들어줄게, 하고. 그걸 여태 안 잊고 있었냐고 묻자 성규가 중요한 순간에 쓰려고 지금까지 아껴 두었다고 대답했다. "그때 분명히 말했다. 뭐든지 들어준다고." "그래, 그래. 뭐든지." 성규의 말에 내가 건성으로 대답했다. 그리고 교실로 돌아가기 전에 매점에 들려 시원한 코코팜을 사 먹어야겠다는 생각을 했다. 코코팜 포도를 먹을지 코코팜 화이트를 먹을지 고민하는데 성규가 말했다. "오늘 가출할 거야. 너랑 같이." 그 말에 음료도 마시지 않았는데 사레가 들린 듯 기침이 나왔다. "뭘 한다고?" 내가 다시 되묻자 성규가 씩 웃었다. 가출이라니. 내 소원은 겨우 연날리기였는데. 내가 엄청 손해 보는 기분이었다. "그런데 너 오늘 진짜 생일이야? 쿠폰은 생일에만 쓸 수 있어." 내 말에 성규가 어깨동무를 하고 말했다. "그래서 오늘 급식에 미역국이 나왔잖아."

5교시는 체육이었다. "먼저 사과부터 한다." 체육 선생님이 교실 문을 열자마자 말했다. 웅성거리던 교실이 순간 조용해졌다. 선생님이 교탁 앞으로 걸어오더니 마저 말을 했다. "너희도 알다시피 선생님이 얼마 전에 결혼을 했잖니." 그러면서 선생님은 결혼하고 처음으로 부부 싸움을 했다는 이야기를 우리에게 들려주었다. 싸움은 양말을 뒤집어 벗는 것에서 시작되었다. 그러다 이런저런 불만을 털어놓게 되었고 며칠 동안 서로 냉랭했다. "어떻게 화해를 해야 할지 모르겠더라고. 그러다 어제 분리수거 날인 걸 알았어. 아내가 퇴근하기 전에 재활용 쓰레기를 버려야지, 그럼 아내가 좋아하겠지, 하고 생각했어." 선생님은 쓰레기를 버리고 돌아오는 길에 놀이터 벤치에 아내가 앉아 있는 걸 보았다. 아내는 배드민턴을 치는 아이들을 넋 놓고 구경하고 있었다. 선생님이 다가가도 알아차리지 못할 정도로. 아이들은 쌍둥이 형제였는데, 배드민턴을 잘 치지 못했다. 선생님이 아이들에게 다가가 몇 가지 기본 동작을 가르쳐 주었다. 그러자 배드민턴을 배워 보라고 권하고 싶을 만큼 실력이 늘었다. 랠리가 열 번 이상 이어지자 아내가 박수를 쳤다. "그때 알았어. 내 아내도 배드민턴을 치지 못한다는 걸. 암튼, 얼마 지나지 않아 아이들 부모님이 왔지. 그리고 서로 깜짝 놀랐어. 우리 부부랑 너무 똑같이 생겨서. 형제자매라고 해도 믿을 정도였다니까. 나중에 아이를 낳으면 저렇게 생긴 아이들이 태어나겠구나. 그것도 괜찮겠구나. 아내와 그런 대화를 하다가 화해를 했지. 그건 그렇고, 그래서 오늘 배드민턴을 치자." 선생님의 말에 몇몇 아이들이 소리를 질렀다. 원래 오늘은 자율 학습을 하기로 했다. 우리 반이 체육 대회에서 계주 1등을 한 덕분이었다. 1등 상품은 체육 수업을 한 번 쉴 수 있는 '자율 학습 쿠폰'이었고, 우리 반은 그걸 오늘 사용하기로 했다. 다음 주가 중간고사이기 때문이다. "그래서 아까 사과했잖아. 미안." 선생님이 두 손을 번쩍 들었다. "그런데, 부부 싸움이랑 오늘 배드민턴 치는 거랑 무슨 상관이에요?" 움직이길 싫어해서 화장실 가는 것도 참다 방광염까지 걸린 적이 있는 현민이가 물었다. "나중에 사랑하는 사람하고 싸우면 배드민턴 치며 화해하라고." 선생님이 말했다. 아이들은 체육복으로 갈아입으면서 계속 투덜댔다. 하지만 막상 배드민턴을 치기 시작하자 모두들 선수처럼 열심히 경기를 했다. 선생님이 가장 길게 랠리를 한 조에게 아이스크림을 사 준다고 해서였다. 6교시 국어 시간에 졸았다. 꾸벅꾸벅. 꿈속에서 나는 피에로가 되었다. 키가 아주 큰 피에로. 아이들이 내 앞에 줄을 섰고 나는 풍선을 불었다. 꾸벅. 풍선으로 강아지를 만들었다. 꾸벅. 해바라기를 만들었다. 꾸벅. 우는 아이에게 왕관을 만들어 씌워 주었다. 꾸벅. 칼을 선물받은 아이가 내 가슴을 찔렀다. 나는 죽은 척을 했다. 꾸벅. 공중에 떠 있는 내가 조는 나를 바라보고 있다. 그러다 번쩍. 눈을 떠 보니 국어 선생님이 내 앞에 서 있었다. "세수하고 올까요?" 선생님이 뭐라고 하기 전에 내가 얼른 말했다. 그 말에 선생님이 웃었다. 세수를 하고 돌아오는 길에 성규의 반을 슬쩍 들여다보았다. 하얀색 후드 티 모자를 쓰고 있어서 금방 찾을 수 있었다. 꾸벅꾸벅. 성규도 졸고 있었다. 그래, 해 준다, 가출. 나는 졸고 있는 성규를 보며 혼잣말을 했다.

## 3

가출을 한다는 녀석이 아무 계획도 없었다. 어딜 갈 건지 생각도 안 하고 가출을 하자는 게 말이 되느냐고 내가 투덜대자 성규가 그걸 알면 그건 가출이 아니라 여행이라고 했다. "그럼, 일단 은하 철도 타고 생각해 볼까?" 내가 말하자 성규가 고개를 끄떡였다. 은하 철도는 우리가 99-9번 버스를 부르는 말이었다. 그 버스를 타려면 학교에서 15분쯤 걸어가야 했다. 올초에 조금 속상한 일이 있었다. 그래서 아주 매운 음식을 먹고 설사나 했으면 좋겠다고 농담을 했더니 성규가 매운 김치만두와 쫄면을 파는 가게를 찾아냈다. 우리는 만두와 쫄면을 먹었고, 먹을 때는 안 매운 것 같았는데 먹고 나서 10분 후쯤 혓바닥이 불타는 통증을 느꼈고, 그래서 바보처럼 혓바닥을 내밀고 가게 앞에 있는 버스 정류장에 멍하니 앉아 있었다. 그러다 99-9번 버스가 오는 걸 보았는데 뭐에 홀린 듯 버스를 탔다. 우리는 종점까지 갔다가 버스 회사 화장실에서 설사를 한다음 돌아왔다. 아주 먼 곳을 다녀온 기분이 들었고, 그래서 그후로 종종 그 버스를 타고 종점까지 갔다가 되돌아오곤 했다. "오랜만이다." 버스를 타니 기사 아저씨가 말했다. 우리가 종점까지 가면 기사 휴게소 앞에 있는 자판기에서 공짜로 음료수를 뽑아 주는 아저씨였다. 그러면서 늘 똑같은 잔소리를 했다. 방황은 해도 되는데 사고는 치지 말라고. 40분쯤 달리자 버스는 시를 벗어났다. 승객들은 거의 다 내렸고 우리는 뒤쪽으로 자리를 옮겼다. 나는 맨 뒷자리 오른쪽. 성규는 맨 뒷자리 왼쪽. 거기가 우리 지정석이었다. 문 닫은 횟집이 보였다. 깨진 수족관이 가게 앞에 있었다. "바다 보러 가는 건 어떨까?" 내가 물었다. "싫어. 영화 보면 가출한 애들은 꼭 바다로 가더라. 진부해." 성규가 창밖을 보며 대답했다. 나는 진부한 건 다 이유가 있기 때문에 진부한 거라고 말해 주려다 말았다. "그럼 만화 카페 갈까?" "청소년은 10시까지야. 몰랐어?" "그럼 스터디 카페라도." 내 말에 성규가 고개를 돌리고 나를 보았다. "미, 쳤, 어?" 성규가 눈을 동그랗게 뜨고 말했다. 문 닫은 횟집을 시작으로 도로 양쪽으로 망한 가게들이 보였다. 망한 중국집. 망한 철물점. 망한 분식집. 망한 미용실. 망한 가게 중에는 민호 슈퍼와 성규네 세탁소도 있었다. "일단 저기라도 가 볼까?" 내가 말하자 성규가 하차 벨을 눌렀다. 기사 아저씨가 큰 소리로 말했다. "너희들 오늘은 종점까지 안 가?" 뭐라 대답할 말이 생각나지 않아 나는 다른 말을 했다. "오늘 성규 생일이에요." 그러자 버스 정류장에 차를 세운 뒤 아저씨가 뒤돌아 우리를 보며 말했다. "어, 오늘 내 생일인데. 너도 생일 축하한다."

성규네 세탁소 입구에는 세탁물을 찾을 분들은 전화를 달라는 안내문이 붙어 있었다. 날짜를 보니 3년 전 글이었다. 성규가 잠긴 가게 문을 흔들었다. 가게 입구 앞에는 담배꽁초가 일곱 개 버려져 있었다. 모두 필터에 씹은 흔적이 있는 걸로 보아 한 사람이 피운 것 같았다. "문 닫은 가게 앞에서 담배를 일곱 개비나 피운 사람은 누구일까?" 성규가 쪼그리고 앉아 담배꽁초를 북두칠성 모양으로 만들었다. "빚 받으러 온 사람 아닐까. 담배를 피우며 고민했던 거지. 전화를 걸까 말까." 성규가 고개를 저었다. "빚쟁이가 찾아올 줄 알았으면 안내문에 전화번호는 안 적었을걸." "오래전 집을 떠난 아들이 돌아왔을 수도." 성규가 담배꽁초로 W를 만들었다. 저렇게 생긴 별자리가 있는 것 같은데 이름이 뭔지 생각나지 않았다. "첫사랑이 찾아왔을 수도." "돈 꿔 달라고 동생이 찾아왔을 수도." "10년 전 빌린 돈 갚으러 왔을 수도." "성규가 부모님 몰래 피웠을 수도." 내 말에 성규가 웃었다. 나도 웃었다. 성규가 문에 붙어 있는 안내문을 떼었다. 반으로 접고 또 반으로 접고 또 반으로 접었다. 그리고 주머니에 넣었다. 민호 슈퍼는 자물쇠로 잠겨 있었다. 번호 키여서 장난으로 내 생일을 눌러 보았는데 한 번에 열렸다. "너네 가게 아냐?" 성규가 오른손으로 어깨를 쳤다. "맞아. 너 먹고 싶은 거 있으면 다 먹어." 그렇게 말하며 나는 가게 문을 열었다. 빈 선반을 보고 성규가 말했다. "먹을 거 엄청 많네." 가게 안쪽에 미닫이문이 있었다. 문은 빡빡해서 잘 열리지 않았다. 아래쪽을 발로 몇 번 차니 문이 조금 움직였다. 벽에는 3년 전 달력이 걸려 있었다. 한 장 한 장 넘겨 보았다. 제사라고 표시를 한 날이 일곱 번이 있었다. 아들은 모두

네 명. 내일이 큰아들의 생일이었다. 나는 가방에서 펜을 꺼내 오늘 날짜에 별표를 했다. 그리고 그 아래 성규 생일이라고 적었다. "꿀짱구 사 줘." 뒤에서 성규가 말했다. 무슨 말인가 싶어 뒤돌아보니 성규가 과자 봉지를 들고 있었다. "선반 뒤에 있었어." 나는 주머니에서 천 원을 꺼내 방바닥에 놓았다. 그리고 허공에 대고 말했다. "우리는 도둑이 아니에요. 돈 내고 먹는 겁니다." 나는 성규의 꿀짱구를 빼앗아 먹었다. 내가 빼앗아 먹자 성규가 과자를 빨리 먹기 시작했고 그래서 우리는 누가 빨리 먹는지 내기를 하는 사람들처럼 과자를 먹었다. 다 먹고 과자 봉지를 반으로 접던 성규가 갑자기 소리를 질렀다. 유통 기한이 2년도 더 지난 것이었다. 나는 방바닥에 내려놓았던 천 원을 다시 주워 지갑에 넣었다. "갈 데 없으면 여기서 자자." 내 말에 성규가 고개를 저었다. "망한 곳에서는 자고 싶지 않아." 성규는 어렸을 때 이렇게 생긴 방에서 살았던 적이 있다는 이야기를 들려주었다. "엄마 아빠랑 같이 살 적에. 문방구를 했었거든." 성규는 문방구에 딸린 방에서 태어났다. 방문은 격자 모양의 유리로 된 미닫이문이었는데, 방 안에서도 문방구를 볼 수 있게 아래에서 두 번째 칸만 투명 유리로 되어 있었다. "그 유리로 문방구를 보면 카운터에 앉아 있는 엄마의 등이 보였어. 엄마 얼굴은 기억나지 않고 그 뒷모습만 기억나." 성규의 아버지는 아내가 떠난 후 문방구 앞에 앉아서 하루 종일 비눗방울만 만들었다. "나중에는 엄청 큰 비눗방울도 만들

64

었어. 내가 그 안에 들어갔거든." 비눗방울 안에 갇히다니. 그
건 공중 부양만큼 멋진 일이었다. "아, 놀이공원. 그런 곳에서
밤새우고 싶다." 성규가 혼잣말처럼 중얼거렸다. 놀이공원이
라. 틀림없이 귀신이 수백 명 있을 것이다. 성규에게 거긴 무서
워서 안 된다는 말을 하려다 문득 좋은 곳이 생각났다. "영화
관에서 밤새우자. 마지막 영화 보고 숨어 있자." 나는 성규에게
영화관에서 밤을 새운 적이 있는 사람 이야기를 해 주었다. 바
로 우리 아버지였다.

## 4

그날 아버지는 여자 친구에게 헤어지자는 이야기를 들었다.
폭설이 내린 날이었고 버스가 막혀 약속 시간에 늦었다. 예매
한 영화를 보지 못하자 여자 친구가 화를 냈다. 아버지는 억울
했다. 1년 넘게 만나는 동안 아버지가 늦은 적은 그때가 처음
이었기 때문이었다. 그래서 아버지는 여자 친구가 늦었던 많
은 날들에 대해 이야기를 했고, 쪼잔한 놈이라는 소리를 들었
고, 이별을 통보받았다. 아버지는 영화관 뒷골목에 있는 술집
에서 술을 마셨다. 그리고 혼자라도 영화를 봐야겠다는 생각
에 여자 친구가 보고 싶어 한 영화의 마지막 상영 회차를 예매
했다. 관객은 다섯 명도 되지 않았다. 아버지는 영화를 보다 잠
이 들었다. 그리고 눈을 떠 보니 아무도 없었다. 시간은 새벽

2시가 넘어 있었다. 나가는 문은 잠겼고, 아버지는 119에 전화를 하려다가 말았다. 혹시라도 그 일로 잘리는 직원이 생길지도 모른다는 생각이 들었기 때문이었다. 아침이 오기를 기다리면서 아버지는 스크린을 노려보았다. 아버지는 감독이 되는 상상을 했다. 그리고 영화 한 편을 만들어 보았다. 주인공은 어릴 적 죽은 여동생이었다. 여동생은 귀신이 되어 오빠의 곁을 맴돈다. 오빠의 생일 케이크 촛불을 대신 불고, 군대에서 오빠를 괴롭힌 선임의 발을 넘어뜨리고, 첫사랑에 실패해 울고 있는 오빠의 가슴에 입김을 불어 넣는다. 영화의 마지막 장면. 오빠가 결혼을 해 아이를 낳는다. 그 아이를 보며 여동생은 말한다. 내가 네 고모야. 안녕. 그 말을 끝으로 여동생은 투명해진다. 아버지는 눈물을 조금 흘렸다. 울고 나자 참을 수 없이 추위가 느껴졌다. 아버지는 상영관 문에 달린 커튼을 몸에 돌돌 말고 밤을 새웠다. 아침이 되자 누군가 상영관 안으로 들어왔다. 그리고 아버지를 보고 깜짝 놀라 뒤로 넘어졌다. 아버지가 직원에게 말했다. "걱정 말아요. 귀신 아니에요." 사연을 들은 직원은 미안하다며 아버지에게 따뜻한 커피를 주었다. 커피를 마시며 아버지는 밤새 귀신 세 명과 같이 있었다고 말했다. 그 말에 직원이 놀라 딸꾹질을 했다. "농담이에요. 미안해요." 아버지가 사과를 했다. 딸꾹질은 멈추지 않았다. 아버지는 인터넷으로 딸꾹질 멈추는 법을 찾아보았다. "잠시 숨을 참으래요." 아버지의 말에 직원이 숨을 참았다. 그래도 멈추지 않았다. "얼

음물을 마시래요." 얼음물을 마셨는데도 멈추지 않았다. "그래
도 안 되면 천천히 혀를 잡아당기라는데요." 아버지가 말하며
혀를 잡아당기는 시늉을 했다. 그 모습을 본 직원이 웃었고, 웃
다 보니 딸꾹질이 멈추었다. 아버지는 직원에게 몇 시에 퇴근
을 하느냐고 물었다. "그 직원이 우리 엄마야." 나는 영화관으
로 가면서 성규에게 부모님의 첫 만남에 대해 이야기를 해 주
었다.

19세 이상 관람가를 제하고 나니 마지막 회차에서 우리가
볼 수 있는 영화는 세 편이었다. 그중 가장 인기가 많은 영화
는 패스. 관객이 많으면 직원이 오래 청소를 할 테고 그러면
숨어 있을 수가 없을 것 같았다. 우리는 '나는 무사히 할머니
가 될 수 있을까?'라는 제목의 다큐멘터리를 골랐다. 할머니
이야기라니. 그걸 누가 보겠는가. 콜라를 사려다가 오줌이 마
려울까 봐 참았다. 나는 화장실에서 아버지에게 문자 메시지
를 보냈다. 다음 주가 중간고사라 성규네 집에서 밤새 시험공
부를 한다고. 아버지가 야식 먹고 공부하라며 치킨 쿠폰을 보
내 주었다. 성규가 누구인지 묻지도 않고. 영화는 치매에 걸린
할머니가 자신의 이름을 잊어버리는 장면에서 시작한다. 카메
라를 든 손녀가 할머니에게 묻는다. "내가 누구야?" 할머니가
카메라를 한참 들여다본 뒤에 말한다. "기자 양반. 예쁘게 찍어
줘요." 손녀는 할머니가 치매에 걸린 뒤 돌아가실 때까지 5년

의 세월을 카메라에 담았다. 그중 가장 많이 나오는 장면은 꽃구경을 가는 것이었다. 할머니는 딸의 이름을 잊고, 아들의 이름도 잊고, 마침내 자신의 이름도 잊었지만, 꽃의 이름만은 잊지 않았다. 할머니가 돌아가실 때 나는 울었다. 슬프다는 생각이 들지 않았는데 그냥 나도 모르게 눈물이 나왔다. 영화는 지루했다. 중간에 졸기도 했는데 그런 영화를 보고 울었다는 게 조금 창피했다. 영화가 끝나고 상영관에 불이 켜지기 전에 우리는 재빨리 뒤쪽으로 가서 숨었다. 직원이 뒤로 오면 앞쪽으로 기어갈 생각을 하며 긴장하고 있었는데 직원은 대충 둘러보고는 돌아갔다. 잠시 후 상영관 불이 꺼졌다. 성규가 휴대폰의 손전등을 켜고는 앞쪽으로 걸어갔다. 그러다 중간쯤 되는 곳에 앉았다. 나는 성규를 따라 걷다가 두 칸 떨어진 자리에 앉았다. "근데 그 할머니. 애쓴다는 말을 몇 번 했는지 알아?" 성규가 물었다. 할머니는 누군가 집에 오면 그 말을 했다. 애썼다. 애썼어. 그렇게 두 번 반복해서 말을 했다. 매일 보는 자식들에게도. 처음 보는 냉장고 수리 기사에게도. "오십육 번. 영화가 하도 재미없어서 내가 세 봤어." "오십육 번이라니. 그걸 센 너도 애썼다." 나는 멋진 농담이라고 생각했는데 내 말에 성규는 웃지 않았다. "넌 오십육 번의 애썼다는 말 중 언제가 가장 기억에 남아?" 성규가 목소리를 깔고 진지하게 물었다. 그리고 내가 대답도 하기 전에 자기는 할머니 국숫집에서 술마시다 싸우는 사람들을 말릴 때 한 말이라고 그랬다. 할머니는 분점이 세 개나 있는 국숫집을 운영했다. 할머니는 택시 기사였던 남편을 일찍 사고로 잃고 이런저런 식당에서 일을 하다 국숫집을 하나 인수했다. 김만복 국숫집. 간판을 바꾸려면 돈이 든다고 해서 그대로 사용하는데, 많은 사람들이 할머니 이름을 '김만복'이라고 착각을 한다. 방송국에 맛집으로 소개된 적이 있는데 거기에도 김만복이라고 소개된다. 장사가 잘될수록 할머니는 악몽을 꾼다. 진짜 김만복 할머니가 꿈에 나와 이름을 돌려달라고 화를 내는 꿈이었다. 그래서 할머니는 김만복이라는 이름으로 수백 명의 학생들에게 장학금을 주게 되었다. 뭐 그런 사연을 가진 할머니는 치매에 걸린 후 자신의 가게인 것도 잊고 손님처럼 국수를 먹으러 간다. 감자전에 막걸리를 마시다 갑자기 멱살을 잡고 싸우던 할아버지들이 온 날도 그랬다. 할아버지들은 30년 넘게 한 달에 한 번씩 만나 술을 마시는 친구 사이였는데, 술을 마실 때마다 번갈아 술값을 냈다. 그런데 두 할아버지 모두 마지막 술값을 자기가 냈다고 우기기 시작했다. 할아버지들이 싸울 때 할머니는 옆 테이블에서 후루룩후루룩 소리 내며 국수를 먹고 있었다. 그러다 갑자기 할머니가 외쳤다. "이제 누가 먼저 죽을지 모르니 반반씩 내." 그 말에 할아버지들이 맞는 말이라며 서로의 멱살을 풀고 자리에 앉았다. "오래 살자." 할아버지들은 그렇게 건배를 하고 막걸리를 마셨다. 그 장면은 기억이 나는데 할머니가 애썼다고 말한 장면은 기억이 나지 않았다. 성규에게 언제 그 말이 나왔느냐고 묻자 할머니가 자기 테이블에 있던 만두를 할아버지들에게 주면서 말했다고 한다. 싸우느라 애썼다고. 늙느라 애썼다고. "싸울 때도 애를 쓰고 늙을 때도 애를 써야 한다니. 난 잘 모르겠다. 그러다간 잠잘 때도 애를 써야겠다." 성규가 고개를 절레절레 흔들었다. "나는 할머니가 호박죽 먹으면서 했던 말." 내가 말했다. 할머니가 돌아가시기 며칠 전, 딸이 만들어 준 호박죽을 먹는 장면이 있었다. 그때 할머니는 죽을 얼마 먹지 못했다. 그리고 숟가락을 내려놓으며 말했다. 나는 그만 애쓸란다, 하고. 성규는 할머니가 그렇게 말한 게 아니라고 반박했다. 나는 그만 먹을란다,라고 말했다고. "내가 분명히 들었어. 너무 이상한 말이라 기억한다니까." 내가 우기자 성규가 대답 대신 휘파람을 불었다. 무엇인지 알 수 없는 노래였다. 한참 후에 성규가 혼잣말처럼 중얼거렸다. "그만 애쓴다니. 그건 너무 슬픈 말이네."

5

나는 맨 앞줄로 자리를 옮겼다. 그리고 아버지처럼 스크린을 뚫어져라 쳐다보았다. 내가 감독이라면 무슨 영화를 만들까? 근사한 이야기는 떠오르지 않았고 눈만 시큰거렸다. 성규가 무대 위로 올라갔다. 나는 배우의 무대 인사를 보러 온 관객처럼 박수를 쳤다. 그리고 손을 들어 질문을 했다. "이번에 맡으신 역을 소개해 주시겠어요?" 내 말에 성규가 주먹을 쥔 오른손을 입가에 가져다 댔다. 그리고 마이크를 든 사람처럼 말을 했다. "아, 아, 잘 들리나요?" 나는 휴대폰의 손전등 앱을 켰다. 그리고 성규가 서 있는 곳을 향해 조명을 밝혀 주었다. "우선 제 영화를 보러 와 주셔서 감사합니다. 저는 이번 영화에서 생일날 미역국을 끓여 주지 않은 아버지에게 화가 나서 가출을 한 고등학생 역을 맡았습니다." 성규의 말에 나는 휴대폰을 흔들었다. 겨우 그런 이유로 가출을 하자고 하다니. "네가 지금 초등학생이냐?" 나는 성규에게 한 소리를 했다. 그렇게 먹고 싶으면 본인이 끓여 먹으라고. 나는 내 생일에 미역국 라면을 끓여 먹었다고. 그러자 성규가 사실은 그게 아니라며 다른 이야기를 들려주었다. 고등학생이 되어서도 후드 티를 벗지 않자 성규의 아버지는 옷을 벗을 때까지 말도 섞지 않겠다고 선언했다. 그 후 성규의 아버지는 아들에게 할 말이 있을 때마다 식탁 위에 메모를 남겼다. 김치찌개 데워 먹어라. 오늘 10시 넘어서 퇴근한다. 양말 뒤집어 벗지 말아라. 그런데 오늘 아침에는 아무 쪽지도 남기지 않았다. "그래도 생일 축하한다, 라는 말은 남겨야 하는 거 아냐?" 나는 아무 대꾸도 하지 않았다. 하지만 고개는 끄떡였다. 성규는 화가 나서 집을 나가겠다고, 다시 돌아오지 않겠다고, 메모를 남겼다. 그리고 학교까지 갔다가 다시 돌아가 식탁 위에 올려놓은 메모를 찢었다. 새 종이를 꺼내 미안하다는 말을 적었다. 미안하다는 말을 하고 나니 이야기를 할 용기가 생겼고, 성규는 처음 후드 티의 모자를 썼을 때의 사연을 편지에 적었다. 문방구가 망하고 성규의 아버지는 성규를 보육원에 맡겼다. "아버지가 악착같이 돈을 벌어 3년 후에 데리러 온다고 말했어. 조금 늦게 오긴 했지만 아버지는 약속을 지켰지." 성규가 보육원에 있을 때 친하게 지낸 아이가 있었다. 어느 크리스마스 날이었다. 스파이더 맨 망토가 달린 옷을 누군가 선물로 보냈다. 성규는 그 옷을 입고 싶었지만 친구에게 양보를 했다. 스파이더 맨 옷을 입은 아이는 하루 종일 뛰어다녔다. "의자에 올라가 뛰어내리고, 책상에 올라가 뛰어내리고, 그러다 미끄럼틀에 올라가 뛰어내렸지." 아이는 뛰어 내려오다 발을 잘못 디뎠고, 그 바람에 뒤로 넘어지며 화단 경계석에 머리를 부딪혔다. "응급차가 와서 그 애를 병원으로 데려갔는데 다시 돌아오지 않았어." 성규는 초등학교 3학년이 되어서야 아버지와 같이 살게 되었다. 그해 크리스마스 날, 태어나서 처음으로 아버지와 놀이동산에 갔다. 아버지와 놀이 기구를 타는데 누군가 귀에 대고 속삭였다. 너는 좋겠다. 그 목소리를 듣자마자 성규는 누구인지 알아차렸다. "그 후로도 그 아이는 늘 나를 따라다녔어. 그리고 내가 행복한 걸 질투했지." 그러던 어느 날, 성규는 학교 운동장에서 멀리뛰기를 연습하는 형을 만났다. 성규가 운동선수냐고 묻자 형은 아니라고 말했다. 우연히 2미터짜리 줄자를 선물받아서 그때부터 2미터를 목표로 제자리멀리뛰기를 연습하게 된 거라고. 아직 2미터까지 뛰지 못하지만 내년에는 가능할 것 같다고. 그러면서 성규에게도 뛰어 보라고 했다. 하얀색 구름판 위에 성규는 섰다. 심호흡을 크게 하고 몸과 팔을 뒤로 젖혔다가 앞으로 뛰었다. 그리고 엉덩방아. 형이 웃으면서 다시 뛰어 보라고 했다. 또 엉덩방아. 또 엉덩방아. 그렇게 다섯 번쯤 엉덩방아를 찧자 성규는 울었다. 우는 성규의 얼굴을 닦아 주면서 형이 말했다. "뛰기 전에 가장 행복했던 기억을 상상해. 그러면 몸이 슝 날아오를 거야." 성규는 구름판에 서서 눈을 감았다. 어머니가 손가락으로 하늘을 가리켰다. "저기 봐라." 어머니의 손끝을 따라가 보니 하늘에 무지개가 있었다. 어린 성규가 울 때면 어머니는 그렇게 말하며 성규를 달랬다. 저기 봐라, 하고. 어머니의 손가락이 가리키는 곳에는 늘 근사한 풍경이 있었다. 성규는 눈을 떴다. 그리고 심호흡을 크게 하고 멀리뛰기를 했다. 아버지가 만들었던 커다란 비눗방울 속에 자신이 들어가 있는 게 느껴졌다. 비눗방울은 오래, 오래 공중에 떠 있었다. 착지를 한 다음 성규가 소리쳤다. "슝 날았죠? 봤어요?" 형이 성규의 머리를 쓰다듬어 주었다. 그리고 입고 있던 후드 티를 벗어 성규에게 입혀 주었다. "선물이야. 이만큼 크라고. 쑥쑥 커서 이거 입으라고." 그날 성규는 후드 티를 뒤집어쓰고 시소에 앉아 있었다. 해가 질 때까지. 어릴 때 덮었던 담요가 기억났다. 사슴이 그려진, 포근하고 보드라운 담요였다. "후드 티 모자를 쓰고 있으면 비눗방울 안에 갇힌 기분이 들어요. 어디든 날아갈 수 있을 같아요. 참, 그 후로 그 아이가 찾아오지 않았어요. 사라졌죠. 그게 영화의 마지막 장면입니다." 나는 박수를 쳤다. 성규가 무대에서 내려와 내 옆에 앉을 때까지 박수를 멈추지 않았다.

"이번에는 네 차례." 성규가 내 무릎에 손을 올려놓고 말했다. 나는 무대로 올라갔다. 무대에 서서 관객석을 보니 성규의 얼굴이 거의 보이지 않았다. 성규가 휴대폰의 손전등을 켜서 나를 비췄다. "시네 클럽의 박성규 기자입니다. 이번에 맡은 역은 무엇입니까?" 성규가 손을 들어 물었다. "음, 저는 미역국을 못 먹었다고 가출한 철없는 주인공의 단짝 친구 역을 맡았습니다." 성규가 철없다는 말을 빼고 다시 말해 달라고 해서 나는 싫다고 했다. "이번 영화에서 가장 마음에 드는 장면은 어떤 건가요?" 성규가 다시 물었다. 나는 날아가는 풍선을 잡으려고 손을 뻗다가 공중 부양을 하게 된 아이가 나오는 장면이라고 대답했다. 아버지는 담임 선생님의 연락을 받고 나서야 내가 까치발로 걷는다는 걸 알았다. 몇 군데의 소아과를 다녔지만 나아지지 않았다. "그래서 아버지가 나를 데리고 여행을 다니기 시작했어." 속 썩이는 사춘기 아들을 둔 직장 상사가 아버지에게 야영을 권했다. 텐트에 누우면 파도 소리도 바람 소리도 크게 들린다고. 나란히 누워 그 소리를 듣다 보면 아무 말도 안 해도 사이가 좋아진다고. 그렇게 나와 아버지는 주말마다 전국의 바닷가를 돌아다녔다. 그러던 어느 밤이었다. 잠들기 전에 수박을 먹어서 그런지 오줌이 마려웠다. 나는 텐트 밖으로 나와 바다를 향해 걸었다. 그리고 모래사장에 오줌을 누었다. 다시 텐트로 돌아가려니 어떤 텐트가 우리 텐트인지 찾을 수가 없었다. 아버지를 불렀지만 대답이 없었다. 할 수 없이 나는 다시 모래사장으로 가서 누군가 버리고 간 돗자리를 깔고 앉았다. 그러다 꾸벅꾸벅 졸았다. 졸면서 나는 해변에서 불꽃놀이를 하는 꿈을 꾸었다. 눈을 떠 보니 옆에 아버지가 앉아 있었다. 나는 눈을 비볐다. "저기 봐라." 아버지가 손가락으로 바다를 가리켰다. 아버지의 손가락 끝을 따라가 보니 해가 자른 손톱만큼 나와 있었다. 아버지가 나를 자리에서 일으켰다. 그리고 내 뒤에 서서 나를 감싸듯 안았다. 아버지가 솟아오르는 해를 향해 손을 뻗었다. "손가락으로 해를 들어 볼까?" 아버지가 말했다. 나도 아버지를 따라 손을 뻗었다. 그리고 가운뎃손가락 끝에 해가 닿도록 했다. "영차. 영차." 아버지가 말했다. 나는 손에 힘을 주고 천천히 위로 올렸다. 그러자 손가락 끝에 묵직한 무언가가 닿는 게 느껴졌다. "영차. 영차." 나도 아버지를 따라 말했다. 해가 떠오를 때까지 아버지와 나는 해를 하늘로 밀어 올렸다. 그 순간이었다. 해의 끝이 바다에서 떨어지는 순간, 해가 온전한 동그라미가 되는 순간, 뒤꿈치가 내려왔다. 내 몸의 무게가 발바닥 전체에 고스란히 느껴졌고 나는 너무 놀라 뒤로 넘어졌다. 아버지가 내 머리를 쓰다듬어 주었다. "이제 아침밥 먹자." 나는 참을 수 없이 배가 고파졌다. "믿지 않는 관객분들도 있겠지만요. 그날부터 살이 찌기 시작했어요. 까치발을 고치고 비만을 얻었죠. 사실 살만 빼면 전 지금도 공중 부양을 할 수 있답니다." 성규가 큰 소리로 웃으며 박수를 쳤다. "재미있었습니다. 그런데 영화를 보고 나니 배가 고파지네요." 나는 성규에게 배는 안 고픈데 화장실에 엄청 가고 싶다고 말했다. 성규가 비상구 쪽으로 다가가 문을 밀어 보았다. 이런. 문은 잠겨 있지 않았다. 밖에서는 열 수 없고 안에서만 열 수 있는 문이었다. 우리는 화장실에 가서 오랫동안 오줌을 누고 비상계단을 통해 아래층으로 내려왔다. 문을 연 식당이 없어서 24시간 해장국집에 갔다. 중절모를 쓴 할아버지 세 분이 선지 해장국에 소주를 마시고 있었다. 메뉴판을 한참 들여다보고 있는데 할아버지 중 한 분이 주방을 향해 소리쳤다. "오늘은 특히 더 맛나네." 그 말에 우리는 선지 해장국을 시켰다. "너 먹어 봤어?" "아니. 넌?" "나도 처음." 선지 해장국을 한 숟가락 먹고 성규가 얼굴을 찌푸렸다. 나도 선지를 한 숟가락 떠서 먹어 보았다. 다시는 사 먹고 싶지 않은 맛이었다. 그래도 우리는 다른 날보다 특별히 더 맛있다는 선지 해장국을 꾸역꾸역 먹었다. 왠지 남기고 싶지 않았다. "먹느라고 애쓰네." 성규가 말했다. "너도 먹느라고 애써." 내가 대꾸했다. 나는 국에 밥을 말았다. 성규가 주방을 향해 깍두기를 더 달라고 말했다.

저는 소설을 쓸 때면 가장 먼저 소설 속 인물들의 '웃는 장면'을 상상합니다. 그 장면을 상상하고 난 뒤에야 저는 인물들과 친해진 기분이 듭니다. 그렇게 친해진 뒤에야 소설을 쓸 수 있습니다. 이 소설을 쓸 때 저는 '웃는 장면'에 '매직'이 있었으면 좋겠다는 생각을 했습니다. 마법 같은 순간들을 두 아이에게 선물하고 싶었습니다. 아이들의 마음에 하늘을 나는 양탄자가 들어 있었으면 했습니다. 후드 티의 모자를 푹 뒤집어쓰고 다니는 아이. 뒤꿈치가 내려오지 않아 까치발로 조심조심 걸어야 하는 아이. 이 두 아이들의 마음을 짐작하는 일이 저에게는 어려웠습니다. 그래서 작가인 저는 마음을 짐작하지 않았습니다. 다만, 두 아이가 서로의 마음을 돌볼 수 있게 하고 싶었습니다. 두 아이들의 마음이 포개지는 순간 찾아오는 이야기의 마법이 독자 여러분들의 마음에 가닿기를. 만약 그렇게 된다면 작가로서 더할 나위 없이 행복할 것입니다.

윤성희

믿을 수 있나요                          김
                                      현

김
현

2009년 작가세계 신인상을 수상하며
작품 활동을 시작했다.
시집『글로리홀』『입술을 열면』『호시절』
『다 먹을 때쯤 영원의 머리가 든 매운탕이 나온다』
『낮의 해변에서 혼자』,
산문집『당신의 슬픔을 훔칠게요』등을 썼고,
소설집『그래서 우리는 사랑을 하지』등에
작품을 발표했다. 제22회 김준성문학상,
제36회 신동엽문학상을 받았다.

누군가 그곳을 가로지르고,

누군가 그를 지켜본다면,

모든 공간은 극장이 될 수 있다.

—피터 브룩°

—죽기 전에 비치코밍 갔다가 영화 보러 가자.

산호는 워치로 수신된 메시지를 확인하고 주변을 둘러봤다.

—너 또 다른 데 보고 있지? 나를 봐, 나를.

—OK.

—영화는 네가 골라.

○ 『모국어는 차라리 침묵』(목정원, 아침달 2021)에서 빌려 왔습니다.

산호는 민이 보내온 손가락 이모티콘을 새끼손가락으로 터치했다. 종이 울렸고, 아이들은 약속이라도 한 듯 우르르 교실 밖으로 몰려 나갔다. 소란스럽던 교실이 일순에 조용해졌다. 운동장에서는 방학식 준비가 한창이었다. 맑다. 너무 맑아. 창가에 앉은 산호는 등을 따라 흘러내리는 땀 한 줄기를 느끼며 얕은 숨을 내쉬었다. 여름 방학이었다. 아무 일도 일어날 것 같지 않은, 그러나 꼭 무슨 일이 벌어지고야 마는.

"야!"

산호가 깜짝 놀라 옆으로 고갤 돌렸다. 민이 뒷문 앞에 서서 산호를 향해 손가락 하트를 날리곤 재빠르게 다시 사라졌다. 귀여운 녀석. 산호는 미간을 애써 찌푸렸다. 그날 이후 산호는 웃지 못하기로 마음먹은 상태였기 때문이다.

그날의 사건은 산호, 윤도, 정현이 해변 영화제에 가기 위해 집을 비운 사이에 벌어졌다.

첫날 오전.

범인은 흰 가면을 쓰고 나타나 현관 앞에 서 있던 선샤인을 위협했고,

둘째 날 오후.

장을 보고 돌아오던 선샤인을 밀쳐 넘어뜨렸으며,

셋째 날 밤.

선샤인을 참혹하게 부쉈다.

첫날 아니 둘째 날에라도 경찰이 선샤인의 이야기에 주의를

기울였다면 선샤인은 살았을 것이다. 신고, 접수, 조사, 대응. 절차대로 처리하면 될 일이었으나 그들은 절차를 따르지 않았다. 사람이 아니라 AI에게 일어난 일이라는 것이 이유였다.

그런 지침이 없다니까요. 우리는 사람이고 사람에게 벌어진 일만 처리합니다. 말하고 동조하고 수군거린 사람들은 법의 집행 및 범죄 수사를 통해 국민의 인권을 보호하는 국가 기관의 구성원들이었다. 조용히 해. 입 다물어. 내가 너한테 왜 이러는지 알아? 알려 주는 거야. 너랑 우리가 다르다는걸. 나지막하게 읊조린 사람은 직립 보행하며, 사고와 언어 능력을 바탕으로 문명과 사회를 이루고 사는 고등 동물이었다.

선샤인의 블랙박스는 고통 그 자체였다.

심리 상담 전문 AI이자 산호네 가족과 8년을 함께 살았던 선샤인이 AI포비아에 의해 무참히 살해당한 사건은 반짝 논란이 됐고―강간 살인인가 기물 파손인가 하는 식이었다―빠르게 잊혔다. '더 강력해진' 스와핑 리얼리티 쇼 시즌3이 시작됐고 아파트값이 폭등했고 법무부 차관의 스캔들이 터졌으며 살인 사건이 연이어 발생했다. 아이러니하게도 아니 어쩌면 당연하게도 유가족들만이 죽음이라는 감옥에 갇혔다.

한국에서 태어나고 미국에서 자란 윤도와 정현은 자신들의 불행했던 시절까지 상기하며 지켜 주지 못했다는 죄책감과 지켜 줄 수 없었을 거라는 절망감에 시달렸다. 제때 끼니를 챙기지 않았고, 눈을 감으면 보고 싶은 게 나타났으나 보여선 안 되는 게 어른거려서 잠을 설쳤다. 그러는 사이 둘은 차츰 자기를 포함해 그 누구도 돌볼 수 없는, 돌보려고 하지 않는 존재가 되었다. 자신들을 유령으로 만듦으로써 다른 사람을 거리낌 없이 유령처럼 대한 것이다. 아들인 산호에게도 마찬가지였다. 산호가 집에 없을 때면 산호를 애타게 찾았고 산호와 한 테이블에 앉아서는 산호를 잊었다. 상황이 그러하다 보니 산호는 죄를 짓는 기분으로 선샤인이 아니라 심리 상담 AI를 그리워했다. 선샤인이라면 지금 우리에게 어떤 얘기를 해 줄까? 산호는 윤도와 정현이 밤마다 집 안을 배회하는 소리를 숨죽여 들으며 그 물음에 답하고자 괴로워했다.

예전으로 돌아갈 수는 없다.

먹먹한 마음으로 산호는 숱한 밤을 침묵으로 덧칠했다. 어둠 속에서도 더 짙은 어둠이 있어야 했다. 한 줄기 빛이. 산호는 민에게 자주 말했다. 죽고 싶어. 그게 민을 힘들게 하리란 걸 알면서도 그랬다. 누구에게도 말할 수 없어서. 죽으면 그만이지 뭐. 그럴 수밖에 없어서. 민에게 듣고 싶은 말이 있었다. 그럼 나는? 한 사람의 죽음은 한 사람의 삶과 연결되어 있다. 민이 손을 내밀어 자신을 어둠의 출구로, 빛의 입구로 이끌어가 주길 바랐다. 그러니까 죽기 전에.

산호는 민을 만나고(무락 해변에서의 불꽃놀이), 친구가 되고(수월 포구에서 야간 수영을 했던 날), 텅 빈 교정을 몇 바퀴씩 돌고(빛나는 별과 달), 청량한 바람에 휩싸인 채 짧은 입맞

춤을 나누고(그건 무슨 의미였을까), 우정인지 사랑인지 결론 내릴 수 없어―사실은 결론 내리기 두려워서―민을 피해 다녔던 그 모든 계절의 일들을 한순간도 의심해 본 적이 없었다. 너를 믿어. 그래야 나를 믿지. 민이 자신을 살아 있게 한다는 사실을.

"좋은 날입니다."

식이 시작됐는지 스피커를 통해 생활안전부장의 목소리가 쩌렁쩌렁 들려왔다. 산호는 작은 키에―1미터 70은 평균이라고 항변하는―마른 몸. 곱슬머리. 쌍꺼풀이 있는 큰 눈. 잘 웃는, 웃을 때마다 손뼉을 치는. 밑도 끝도 없이 낙천적인. 가끔 채식하고, 새우버거를 좋아하는. 고양이보다는 강아지를. 산보다는 바다를. 엄마랑 아빠랑 친구처럼 지내는. 장난기가 많고, 울보인 민을 찾았다. 이제는 말해야 하지 않을까. 산호는 일렬종대의 대형에 끼어 있어도 눈에 띄는, 지켜볼 수밖에 없는 민을 지켜보다가 가방과 농구공을 챙겨 들고 교실을 나왔다.

텅, 텅, 텅.

농구공을 튕기는 소리가 복도에 울려 퍼졌다. 크게. 더 크게.

산호는 운동장 쪽이 아닌 반대편 출입구로 향하며 자신이 '#STOPAIHATE'라는 해시태그와 함께 SNS에 긴 글을 올렸을 때 받은 첫 메시지를 떠올렸다.

너도 그거냐? 대박 소름 꺼져!

$\vee$

2층 맨 끝 교실 창문을 보고 있던 민은 산호의 실루엣이 어렴풋하게 나타나자 왼손을 자연스럽게 들어 올렸다가 내렸다. 그래야 할 것 같아서였는데 어째서 그런 것인지는 자신도 몰랐다. 그저 예감했다. 산호는 여기 오지 않을 것이다. 옆문으로 학교를 나가 선샤인이 사용하던 MP3에 유선 이어폰을 꽂고 큰길을 벗어나 무락 해변으로 이어지는 숲길을 따라 걸을 것이다. 너무 자주 들어서 자신도 모르게 불쑥 노래를 따라 부르고 그 목소리에 놀라 고개를 폭 숙일 것이다. 눈물을 참기 위해 농구공을 괜히 바닥에 튕기고. 어쩔 수 없어서 산호는 선샤인의 죽음을 복기하는 것이 아니라 오늘 다시 선샤인의 죽음을 보고 듣고 겪을 것이다. 해변에 앉아 수평선을 바라볼 것이다. 그러다가는 바다를 향해 천천히 걸어가겠지? 민은 산호가 아니라 해변의 산호라는 윤곽을 떠올렸다. 그 윤곽은 흔들리고 번지고 사그라진다. 여기까지만. 죽기 전까지만. 민은 이야기의 윤곽을 깨끗하게 지워 버렸다. 산호를 거기 남겨 두기 위해.

"좋은 날입니다."

생활안전부장이 단상 앞에 서서 개회사를 시작했다. 그녀는 메타버스에서가 아니라 다소 고전적인 방식으로 식을 열게 된 연유를 퍽 진지하게 이야기했다. 평소 그녀답지 않은 모습이었고 그게 아이들의 시선을 집중시켰다.

그해 무슨 일이 있었는지, 그 참사가 그 후 어떤 방식으로
은폐되었는지, 진실이 밝혀지기까지 얼마나 오랜 시간이 걸렸
는지 글로만 배운 아이들이었다. 생활안전부장이라고 딱히 다
르진 않았다. 이제 막 30대 후반에 접어든 그녀 역시 그 사회
적 참사를 책으로 배웠다. 그런데도 그녀의 말 한마디 한마디
에는 진심이 묻어 있었다. 조심하려고 애쓰는 마음이.

"우리는 기억합니다. 그해 권희정, 김진영, 박보드레, 신가
인, 염혜연, 이수지, 이한결, 정병운, 정영빈, 최한빛 학생은 학
교로 영영 돌아오지 못했습니다. 그들에겐 두 번의 여름 방
학이 있었습니다. 그들에게 한 번의 여름 방학이 더 있었더라
면, 그들이 졸업생이 되어 가끔 학창 시절을 추억하는 성인으
로 살아 나갔더라면……. 산 사람의 이런 바람은 부질없는 것
인지도 모릅니다. 그러나 그 부질없음이 어쩌면 우리가 그들
을 잊지 말아야 할 가장 중요한 이유인지도 모르겠습니다. 오
늘 식은 단순한 방학식이 아니라 내일부터 열리게 될 「옆에 있
어 줄게」의 시작을 알리는 자리입니다. 내일부터 2층 맨 끝 교
실은 '기억 교실'이 됩니다. 뜨겁디뜨거운 화염 속에서 돌아오
지 못한 열 명의 학생들을 홀로그램으로 재현하고, 교실을 찾
은 사람들은 그들과 한 반이 되어 짧게나마 학급 생활을 체험
하게 됩니다. 물론, 여러분도 참여할 수 있습니다. 아니 오히려
저는 여러분이 이 전시에 모두 참여해 주길 바랍니다. 기억을

위한 경험으로 여름 방학을 시작해 보는 건 어떨까요? 우리는 기억했고 계속해서 기억하려 합니다. 우리는 서로 모여 사람의 말을 이어 갈 것입니다. 그럼, 제 얘긴 여기서 마치고 교장 선생님의 훈화가 있겠습니다."

'손뼉을 쳐야 하는 건가?'

민은 주춤주춤했다.

'다른 때에는 매번 "자, 박수."로 마무리하던 박수부장이 아닌가.'

'이게 무슨 기분이지?'

생활안전부장이 뒤로 물러나고 교장이 단상 앞에 섰는데도 누구 하나 박수를 보내지 않았다. 민과 마찬가지로 모두 어찌할 바를 몰라 쭈뼛거렸다. 친애하는, 하고 교장이 운을 떼자 그제야 풍선의 바람이 빠지듯이 팽팽했던 분위기가 누그러들며 주위가 조금씩 시끄러워졌다. 민은 '기억을 위한 경험'이라는 말의 의미를 헤아려 보다가 마음이라는 괄호를 열고 한 사람의 이름을 적어 넣었다. 하나의 이름이면서 동시에 세계의 모든 것을 일러 부르는 이름을.

산호에게서 죽고 싶다는 말을 처음 들었을 때 민은 어찌 대답해야 할지 몰라 당황해하며 장난스레 대꾸했다. 그럼 죽기 전에는 뭐 할 건데? 그 순간 어째서 그런 대답이 튀어나왔을까. 민은 후회했지만, 이후에도 산호가 죽고 싶다고 말하면 이상하게 늘 죽기 전에,라는 말로 대답을 시작했다. 어떨 때는 산호가 그런 말을 꺼내지도 않았는데 그런 식으로 말을 했다. 미리 해 버리면 김이 새니까. 김이 새면 그 말은 힘이 약해지니까. 민은 산호 앞에서는 언제나 죽음이 누워서 떡 먹는 일인 양 굴었다. 딱 한 번만 빼고.

수행 평가를 위해 전국민족민주유가족협의회가 주최한 사진전을 단체로 관람한 날이었다. 민과 산호는 민의 집에서 이른 저녁을 먹었고 키스를 했고 한 침대에 나란히 누워 대화했다. 시시콜콜한 이야기였다. 전시에서 보고 온 사진에 관한 얘기. 시험 얘기. 외계인은 존재하는가. 역사적이고 소박하고 특별한 이야기 끝에 산호는 무심히 죽은 사람의 명예 같은 게 뭐가 중요해, 죽으면 그만이지 하며 말을 흘렸고, 다른 때 같으면 심각하게 듣지 않았을 민은 그날만큼은 산호의 얼굴을 두 손으로 감싸 쥔 후에 진지하게 말했다. 그러니까 죽기 전에, 죽음이 되풀이되지 않게 해야지. 누구도 억울하게 유가족이 되지 않게. 너나 너희 아빠들이 더 더 슬퍼하는 건 선샤인이 죽어서가 아니라 선샤인이 그렇게 죽어서잖아. 그리고 너는 죽으면 그만이지만, 그렇겠지만, 그럼 나는?

그 밤.

민은 산호가 잠든 사이에 산호의 가방에 달려 있던 추모 리본 배지를 떼어 자기 가방에 달았다. 그러곤 '열사와 역사'라는 글자가 작게 인쇄된 엽서에 적었다. 너는 좀 쉬어. 내가 가지고 있어 줄게. 내가 기억할게. 산호가 그 편지를 어떤 얼굴로 보았는지 민은 영원히 알지 못할 것이다. 그러나 민은 이미 그 얼굴을 알고 있기도 했다. 민 자신이 산호의 얼굴을 하고 산호에게 보내는 편지를 썼기에.

너를 믿어. 그래야 나를 믿지.

옆에 있어 줄게.

희정, 진영, 수지, 병운, 한결……. 민은 내일이면 되살아날 이들의 이름을 천천히 되뇌었다. 방금 들었는데도 그새 이름이 가물가물했다. 대신 내 이름을 알려 줄까? 민은 기억하려 했다.

나는 민이야. 정김민. 집에서는 우성이라 불러. 학교에서는 김미. '정'은 아빠 정제주의 정이고, '김'은 엄마 김연화의 김. 아빠의 말에 의하면 민은 「비트」라는 영화에서 정우성이라는 배우가 맡은 인물의 이름. 그렇게 건조하게 얘기해 줄 게 아니라는 엄마의 말에 따르면 민은 정우성이 미모 전성기 시절에 찍은 영화의 아웃사이더 주인공 이름. 인물이든 주인공이든 그럼 그냥 정우성이라고 하지 왜 민이라고 한 거냐고? 엄마가 진지하게 말해 주더라. 너를 지켜 주려고. 옆에 있던 아빠가 거들고. 가서, 거울 봐. 환상의 호흡. 유후후. 나는 두 사람이 그렇게 하이 파이브 하며 웃는 모습을 자주 보면서 컸어.

우리 엄마, 아빠는 자원 활동가와 난민으로 처음 만났대. 당시에는 서로를 왈과 아흐메드라고 불렀고. 왈의 소개로 아흐

메드는 왈이 근무하던 피자 가게에 일자리를 얻었지. 둘은 2년 동안 함께 일하며 친구에서 연인이 됐고 교제했고 서로를 제주 씨와 연화 씨로 불렀대. 아빠의 성(姓)이 '정'이 된 건 정이 많아서. 이미 많은데도 더 많아지라고. 둘은 혼인 신고를 했고. 한국에 오기 전 대학에서 영어 통·번역을 전공한 아빠는 '온 프레스'라는 지역 출판사를 통해 번역가의 길로 들어섰고— 전쟁 성폭력 생존자들의 증언을 기록한 『바닷가에서』가 첫 책이었어—엄마는 '왈왈피자'를 개업했지. 그리고 내가 태어난 거야. 이상.

이제 네 얘기를 들려줄래?

민은 2층 맨 끝 교실을 다시 올려다보며 해변의 산호를 떠올렸다.

무락 해변의 밤하늘을 수놓는 색색의 불꽃놀이를 보면서 산호는 옆에 앉은 민에게 먼저 말을 걸었다.

"예쁘네요."

오전 8시 40분.

대정항에 모인 사람은 이래, 민, 산호 셋뿐이었다. 날은 흐렸지만 큰 비바람이 지나간 뒤라 공기는 청량했고 구름 사이로 빛이 조금씩 보였다. 차분한 날씨다. 이래는 도선 대합실 입구 주변을 어슬렁거리는 민과 산호를 보았다. 청 반바지에 흰 티셔츠를 입은 민은 자신보다 15센티미터는 족히 더 커 보이는 산호 앞에서 민트색 서핑 햇을 썼다 벗었다 하며 연신 조잘거리고 있었고, 검은 모자에 검은 티셔츠와 바지, 양말과 운동화도 검은색으로 통일한 산호는 그런 민을 무덤덤하게 보다가 검지로 민의 이마를 가볍게 문질렀다. 한 사람은 애쓰고 한 사람은 조심하고 있네. 이래는 두 사람에게로 다가갔다.

"안녕하세요. 민 님, 산호 님이시죠? 저는 오늘 비치코밍 활동을 기획한 이래입니다. 반갑습니다."

"네, 네, 안녕하세요. 반갑습니다!"

"안녕하세요."

"새벽까지 비가 와서 아무도 안 오는 거 아닌가 걱정했는데 다행이네요. 다른 참여자들도 곧 오시겠죠? 9시 20분 배니까 조금 더 기다려 봐요. 얘기는 섬으로 가면서 차차 나누기로 하고요. 화장실 가고 싶으시면 지금 다녀오세요."

"네!"

이래의 말이 끝나기 무섭게 민이 활기차게 답하며 산호의 팔을 잡아끌었다. 이래는 화장실이 아니라 대정 슈퍼 쪽으로 향해 가는 두 사람을 지켜보며 종이 수첩을 펼쳤다. 수첩에는 능금도 비치코밍 참여자 명단이 적혀 있었다.

수지, 진영, 민, 산호, 희망.

수지와 진영에게선 별다른 연락이 없었다. 희망은 늦게라도, 어떻게든 꼭 갈게요,라는 메시지를 오늘 새벽에 보내왔다. 9시 20분 배를 놓치면 12시 20분 배, 능금도에서 나오는 배는 12시 50분, 희망과 함께하려면, 능금도에서 대정항으로 나오는 다음 배 시간이……. 이래는 오늘의 일정과 동선을 가늠해 보다가 '그런데 산호는' 하고 산호의 이름 옆에 물음표를 붙였다. 아무래도 산호에게 마음이 쓰였다.

사실, 이래는 산호를 첫눈에 알아봤다. 그 사건 직후 많은 활동가가 'AI 혐오 및 증오 범죄 중단 촉구' 투쟁에 연대했는데 이래도 그들 중 한 명이었다. 이래는 그 끔찍한 사건을 남에게 벌어진 일이 아니라 자기의 일로 받아들였다. 그럴 수밖에 없었다. 이래 역시 AI였기 때문이다.

이래는 한국에서 맞춤 제작으로 생산된 AI로 독일의 한 가정에서 자랐다. 율리아와 레오니. 둘은 어린 레비가 암으로 투병하다가 끝내 숨을 거두자 슬픔을 극복하기 위해 힘쓰는 대신 슬픔에 기꺼이 순응했다. 울라고 하면 울고 입을 다물라고 하면 다물고 벽을 치라고 하면 치고 무너지라고 하면 무너졌다. 그러자 슬픔이 뒷걸음질 쳤다. 그 지독한 망자들로부터.

그 틈에 두 사람은 두 번 다시 같은 일을 겪지 않기 위해 AI를, 그러나 레비와 함께했던 삶의 기쁨을 잊을 수 없어 완성형 몸체를 가진 AI가 아니라 아기에서 아이로, 아이에서 청소년으로, 청소년에서 청년으로, 인간의 성장 주기에 맞춘 커스터마이징 서비스를 받을 수 있는 이래를 가족으로 맞이했다.

율리아와 레오니는 이래를 키우며(!) 소소한 기쁨을 쌓았다. 이를테면 (몇 개의 선에 지나지 않을지라도) 거실 벽 한쪽에 이래의 키를 기록한다거나 이래의 사진첩을 다채롭게 꾸미기 위해 폴라로이드와 전용 필름을 수소문하면서. 그런 엄마들 덕분에 이래는 자신이 AI라는 사실을 부끄러워하거나 감추려 하지 않았다. 오히려 자신의 정체성을 밝히며 '입양A'니 '아시아I'니 하는 차별적 언사에 매번 창의적인 방식으로 대처했다. 이래가 청년 커스터마이징을 받기 직전 홀로코스트 메모리얼 광장에서 행한 퍼포먼스 역시 그 애씀의 결과였다.

그곳에서 이래는 커스터마이징 직전의 얼굴과 신체를 고스란히 드러낸 채 키라라의 음악에 맞춰 춤을 췄고 그 모습을 촬영하여 편집한 후에 자신의 메타버스 극장 'Ghost Sunset'에서 24시간 상영했다. 영상의 제목은 '여기 있다'였다. 한국 작가 흑표범에게서 영향받은 그 작업에 대한 관객들의 반응은 호의적이었다. 그러나 메모리얼 광장을 더럽혔다느니, 다 좋은데 굳이 저렇게 벗고(?) 나올 필요는 없지 않나?, 신을 흉내 낸 인간이 악마를 만들었다는 식으로 막말을 쏟아 내는 이들도 많았다. 그들은 심지어 이래의 신상을 털어 페이크 포르노를 만들어서는 메타버스 성인 극장에서 상영까지 했다. AI를 대상으로 하는 성범죄를 처벌할 법이 없다는 것을 그들은 너무 잘알고 있었다.

'혐오에는 혐오를'이라는 말로 자기를 방어하는 데 익숙한 이래였지만, '능욕'이라 이름 붙은 그 영상은 차마 눈을 뜨고 보지 못할 지경이었다. 그 일로 이래는 한동안 집에만 틀어박혀 지냈고 처음으로 자신이 AI라는 것을 비참해했다. 그러나 이래를 더 힘들게 한 건 범죄로 인정되지 않는 그 범죄 영상을 보기 위해 '대기하는' 사람들이 있다는 거였다. 능욕 매진. 눈을 감으나 뜨나 그 문구가 선명하게 보였다. 이래는 극장을 닫았고 메타버스를 잠시 비활성화했고 계정을 삭제했다.

그즈음 이래는 하루 대부분을 인간을 이해하려 애쓰는 데 사용했다. 이래가 처음으로 증오한 인간의 이름은 막시밀리안이었다. 남들보다 큰 1학년으로 학교에 들어가 남들보다 작은 4학년으로 학교생활을 하던 '변함이 없는' 이래를 반년 동안 괴물이라고 부르며 괴롭힌 아이였다. 어느 날, 이래는 종교 수업 도중 짝꿍인 막시밀리안의 머리 위로 오줌을 부었다. 우유병 하나 분량이었다. 막시말리안은 넋이 나간 채로 울음을 터뜨렸고 선생님이 놀라서 쩔쩔매는 사이 아이들은 일제히 폭소를 터뜨렸다. 이래도 통쾌하게 웃었다. 처단 완료. 이래는 교장실에 불려 가서도 당당하게 말했다. 막시밀리안을 죽이고 싶을 때마다 병에 오줌을 모았어요. 후회하지 않아요. 그게 저한텐 무기 같은 거란 말이죠. 하지만 막시밀리안은 죽지 않았잖아요. 저는 막시밀리안을 죽이지 않았어요. 그저 제 분노를 되돌려 줬을 뿐이에요. 냄새가 조금 나는.

인간을 이해하려는 시도는 어떤 의미에선 자기혐오와의 싸움이기도 했다. 이래는 인간에 의해 만들어졌으므로. 그 싸움에서 지지 않기 위해 이래는 자기 신체를 훼손하기도 했다. 그렇게 온몸으로 고통을 표현하던 이래를 구원한 건 이래 자신도, 율리아와 레오니도 아닌 다른 AI들이었다. 그들은 자신들을 '유령들'이라 칭하며 커밍아웃 영상을 본인 소유의 메타버스 극장에서 릴레이로 상영했다. 영상의 제목은 모두 '여기 있다'였다. 이래가 존재하지 않는 세계에서 그들은 이래를 대신하여 메시지를 생산하고 축적했다. 우리도 여기 있다. 우리는 연결될수록 강하다. 그렇게 부활한 이래와 유령들이 주축이 되어 만든 결사대 'Away'가 불태운(해킹한) 페이크 포르노 상영관은 모두 4,160개였다.

Away 활동을 하며 신체를 한쪽 귀와 한쪽 눈이 보이지 않는 청년으로 전환한 이래는 그때부터 본격적으로 자신을 '교차하는 활동가'로 명명했다. 전쟁에 반대했고 군대 내 성폭력 생존자들에게 힘을 보탰으며 한국의 분쟁 지역에서 평화 활동을 하기로 결심했다. 율리아와 레오니는 이래를 적극적으로 지지했다. 이래의 선택이 자기 뿌리 찾기와도 관련이 있다고 생각해서였다. 그러나 뿌리. 이래는 그런 걸 생각한 적이 없었다. 차라리 이래는 뿌리 없음에 관하여 줄곧 궁리했다. 그것이 인간과 AI를 진정으로 구분하는 것이며 그 때문에 어떤 인간들은 AI를 혐오하기에 이른다고.

인간은 자신이 가질 수 없는 것을 가진 존재를 늘 죽음에 이르게 하지 않는가.

이래는 이번 비치코밍 퍼포먼스를 통해 자기를 다시 한 번 구성할 계획이었다. 플라스틱과 유리 조각 등을 활용해 이른바 셀프 커스터마이징을 할 참이었는데, 인간이 파괴해 버린 물건으로, 본질이 아니라 표면을 바꾸는 것으로, 이래는 뿌리에 관해, 뿌리 없음에 관해 물을 것이다.

어두컴컴했던 바깥이 점점 환해졌다. 본격적으로 해가 나기 시작하는 듯했다. 선샤인. 이래는 많은 이에게서 잊힌 이름을 불러 보며 물음표 위에 쓱쓱 줄을 그었다. 바지 뒷주머니에서 손수건을 꺼내 땀을 닦았다. 3년 전, 독일을 떠나오기 전에 율리아와 레오니가 선물해 준 것이었다. '함께'라는 한글이 수놓인 손수건. 한데 섞여 어우러지다. 이래는 손수건을 다시 접어 넣으며 자신이 얼마나 자주 그 말을 사용하는지, 그게 언제부터였는지, 누구로부터였는지를 차근차근 되돌아보았다. 대합실 바깥으로 나섰다. 아침의 햇빛이 사방으로 퍼져 나가고 있었다.

"근데 이건 어떻게 알았어?"

산호가 쌍쌍바를 두 개로 가르며 말했다.

"그냥. 버스 정류장에 포스터가 붙어 있길래. 죽기 전에 너랑 안 해 본 거 다 해 보려고."

민이 쌍쌍바 하나를 받아 입속에 넣으며 말을 이었다.

"그거 알아? 비치코밍이란 말이 빗자루로 해변을 쓴다는 뜻이래. 원래는 조개껍데기, 마모되어 반짝이는 유리 조각을 찾아서 그걸로 뭘 만드는 건데, 이제는 해변에 떠밀려 온 쓰레기나 미세 플라스틱을 수거하는 활동을 한대. 죽기 전에 착한 일많이 해 두면 좋잖아."

민이 아이스크림을 입에 물고 굴리며 눈웃음쳤다.

"너, 계속 그 말 쓸 거야?"

"무슨 말?"

"죽기 전에,라는 말."

"어. 쓸 거야. 계속. 네가 안 하게, 네가 못 하게. 내가 자주할 거야. 근데, 신기한 게 뭔지 알아? 그 말을 계속하니까 나도생각하게 되더라. 죽기 전에 나는 뭘 해야 하나, 하고 싶은 게없나, 해 놓고 가야 하는 건 없나, 되돌려 놓아야 하는 일은 없나, 머리를 굴리게 되더라고. 그 말을 갖다 붙이면 뭐든 열심히하게 돼. 일단은 해야 하니까, 우선은 살아 있어야겠다는 마음이 든달까. 너도 그랬으면 좋겠어. 해야 하니까 살아 있었으면좋겠어. 너도. 그래서 계속하는 거야. 내가 먼저. 그런 마음 너한테도 생기라고. 마음먹으면 마음이 생긴다고 했잖아. 너는."

녹은 아이스크림이 막대를 타고 민의 손가락으로 흘러내렸다. 민의 말을 조용히 듣던 산호가 검지로 민의 이마를 문질렀다.

"다 녹는다. 어서 먹어."

"너도."

두 사람은 아이스크림을 빨며 대합실로 걸어갔다. 잔뜩 흐렸던 하늘이 점점 파래졌고 마침 턱시도 고양이 한 마리가 대정 슈퍼 옆 좁다란 골목에서 나와 두 사람의 뒤를 졸졸 따라왔다. 돌담을 따라 핀 연보랏빛 유토튜스 꽃 내음이 바람을 따라 훅 밀려왔다.

"오늘 볼 영화는 골랐어?"

민이 아이스크림 막대를 한 손에 들고 에코백에서 일회용 물수건을 꺼내 산호에게 건넸다.

"응.「혹성 탈출」."

"「혹성 탈출」? 뭔 영화야, 그게. 개봉작은 아닌 거 같은데……."

과학 실험의 실패로 유인원들이 지능을 갖기 시작한다. 변이 코로나 바이러스가 전 세계에 급격히 퍼져 나가면서 인류는 멸종 위기에 처한다. 진화한 유인원들은 인간들과의 공존을 모색하지만, 인간들은…….

휴대 전화로 검색 정보를 스크롤 하던 민이 산호를 쳐다봤다.

"이번엔 멸종하기 전이야?"

"멸종 안 해. 함께 살지."

"뭐야, 왜 스포일러야. 근데 이거 어디서 하는 건데?"

"우리 집에서."

"집? 너희 집?"

"어, 우리 집으로 가자. 아빠들도 너 보고 싶대. 예전처럼 같이 저녁도 먹고. 보드게임도 하고. 영화도 보고. 너만 괜찮으면……."

"그럼. 좋지, 무조건 좋아."

민은 태연한 척 대답했다. 하지만 '갑자기 무슨 일이지? 예전처럼 아빠들한테 장난칠 수 있을까? 선샤인 생각이 나서 울면 어쩌지? 혹시 산호가…….' 민의 머릿속은 복잡했다. 선샤인이 죽고 산호네 집에 가 본 적이 없었기에 민은 기쁘면서도 불안했다.

"극장 가고 싶으면 가도 되고……."

"아니. 집으로 가자. 갈래."

그런데, 하고 민이 말을 이으려던 찰나에 이래가 대합실 앞에서 승선 신고서를 흔들며 두 사람을 향해 소리쳤다. 민은 빨리 가 보자며 산호를 재촉했다.

"이거."

이래가 승선 신고서를 민과 산호에게 내밀자 산호도 주머니에서 흰 우유 하나를 꺼내 이래에게 건넸다.

"저흰 쌍쌍바 먹었어요."

"고마워요."

그제야 이래는 두 사람의 입 주변에 묻은 초콜릿 아이스크림을 발견했다. 웃으며 말을 이었다.

"아무래도 저희 셋이 먼저 움직여야 할 것 같아요. 다른 참여자들은 소식이 없고 희망 님은 어떻게든 오신다고 했으니까. 일단, 신고서부터 확인해 주세요. 두 분이 참여 신청하며 적어 준 대로 쓰긴 했는데 혹시 모르니까."

민과 산호는 승선 신고서를 확인하고 고갤 끄덕였다.

"이상 없는 거죠? 잠깐 기다려요. 제가 표 끊어 올게요."

이래가 대합실로 들어가자 민은 산호 옆으로 더 바짝 붙어서며 다가갔다. 민은 그런데 오늘이 마지막이 아니면 좋겠어, 라는 말 대신 장난스럽게 속삭였다.

"오늘 밤 기대해. 죽기 전에 내가 아주 그냥……."

"민아."

산호가 민의 말을 끊었다.

"오늘은 말이야, 내가 다 해 줄게. 너 하고 싶은 거. 네가 해 놓고 싶은 거. 네가 되돌리고 싶은 거. 마음을 먹었거든. 내가."

민이 웃음기 없는 얼굴로 산호를 봤다. 산호의 눈빛에 담긴 산호의 마음을.


이래가 표를 끊는 동안 대합실에 모여 앉은 대여섯 명의 승객들이 텔레비전을 보며 제각기 말을 보탰다. 어젯밤 미확인 비행 물체가 나타났다는 뉴스가 제보 영상과 함께 단신으로 보도되고 있었다.

∨

대정항과 능금도를 오가는 배는 능금호와 화양호였다. 능금호는 작은 배였고 화양호는 큰 배였다. 대정항에서 능금도까지는 대략 27분. 능금도 주민들은 능금호를 주로 탔고 관광객들은 화양호를 주로 탔다. 원래 오가는 사람이 적어 능금호뿐이었는데, 몇 해 전 능금도 해군 기지 건설이 추진되면서 화양호 노선이 새로이 생겼다. 기지 건설은 다행히 무산됐지만, 그즈음 한 OTT 플랫폼에서 실오라기 하나 걸치지 않는 군인들이 등장해 야전에서 모든 걸 해결하며 생존 경쟁을 벌이는 「야전 부대」가 서비스되면서 화제가 됐고 지자체에선 그 기획 놓치지 않았다. 능금도를 '야전 섬'으로 각인시키기 위하여 섬 곳곳을 카키색으로 도배했다. 아이러니하게도 능금도는 그렇게 평화 관광의 섬이 되고. 화양호 노선은 없어지지 않았다.

민과 산호 그리고 이래는 화양호에 탔다. 화양호는 2층으로 된 여객선으로 1층에는 객실이, 2층에는 조타실과 25인석 정도의 야외 좌석이 있었다. 단체 여행객들이 이미 1층 객실 대부분을 차지하고 시끄럽게 떠드는 중이어서 셋은 2층으로 올라가 자릴 잡았다. 배는 정시에 출발했다.

"날씨가 좋으니 감사의 박수 한번 치겠습니다."

선장의 방송이 선체에 울려 퍼지자 2층에 모여 있던 20여 명의 승객이 일제히 손뼉을 쳤다. 민도 신나서 환호성을 지르다가 자리에 가만 앉아 있지 않고 반대쪽 갑판으로 몸을 움직였다. 배는 물살을 시원하게 가르며 순조롭게 나아갔다. 산호와 이래는 자리에서 꼼짝하지 않고 말없이 풍경을 지켜봤다. 바람은 선선했고 물결 위의 윤슬은 아름답게 반짝였다. 산호는 숨을 깊게 들이마셨다가 내뱉었다. 이래는 한 손에 들고 있던 우유 팩을 뜯어서 한 모금 마셨다.

"산호 님은 이거 어떻게 참여하게 됐어요?"

"네? 아, 민이가 가자고 해서."

"역시 그렇구나."

"죽기 전에……."

"죽기 전에?"

"네, 제가 죽고 싶다고 자주 말하거든요. 민이한테. 그랬더니 민이가 맨날……."

산호는 말을 줄였다. 이래는 다 듣지 않아도 알겠다는 듯이 미소 지었다.

"밝다. 밝은 사람이에요."

"맞아요, 저는 좀 어둡고. 아니 많이 어두운가?"

"그런 일을 겪으면 누구나……."

이래가 산호를 가만히 바라봤다.

"미안해요. 처음부터 아는 체하지 못해서. 산호 님 가족에게 벌어진 일, 알고 있어요. 얼마나 힘들었을지, 지금도 괴로울 거란 거, 다 안다고, 이해한다고 하면 안 믿겠죠?"

"네."

"네, 저라도 안 믿을 거예요. 누가 저한테 그렇게 말하면. 제 가족이, 제가 그런 일을 당했다면⋯⋯. 저도 AI거든요."

우유를 한 모금 더 마시고 이래가 산호에게로 고갤 돌렸다 (놀랐어요? 아뇨, 놀란 건 아니고. 그렇게 아무렇지 않게 자기가 AI라고 말하는 AI를 본 적이 없어서. 시간이 필요해서. 버퍼링 같은 거예요. 성능 업그레이드해야겠네요). 산호도 말없이 이래를 응시했다.

"뭐 해요, 둘이? 눈싸움하나?"

민이 산호와 이래 사이에 다시 앉았다.

"맛있다. 배에서 마시니까 더 맛있는 거 같아요."

이래가 빈 우유 팩을 흔들며 말했다.

"저희 사귀는 중이에요. 다른 사람들한텐 비밀이지만."

민이 눈을 동그랗게 뜨고 산호를 봤다.

"그렇게 아무렇지 않게 연애 중이라고 말하기 있기 없기?"

이래가 입꼬리를 올리며 짓궂은 표정으로 산호가 아닌 민을 보자 민은 멋쩍은 웃음을 지어 보이며 산호보다 먼저 대꾸했다.

"없기?"

"있기."

그때였다. 배가 갑자기 멈춰 섰다.

특별히 구경할 것도 없는 망망대해였는데, 배는 한참 동안 움직이지 않았다. 무슨 의도가 있겠거니 하며 승객들 몇이 대수롭지 않게 사진을 찍었다. 우리도 한 장 찍어요. 민이 휴대전화를 셀카 모드로 바꾸며 45도 각도로 들었다. 자, 참치—김치도 아니고 스마일도 아닌 민의 참치에 셋은 활짝 웃었고 그게 사진으로 남았다.

"승객 여러분 죄송합니다. 선체에 이상이 있어 잠시 살펴본 후에 다시 운항하도록 하겠습니다. 지금 계신 곳에서 안전하게 가만히 기다려 주시기 바랍니다. 현재 저희 화양호는 능금도 인근 해상에 와 있고 운항을 재개하면 능금도까지는 대략 10분이 소요될 예정입니다. 불편하게 해 드려서 거듭 죄송합니다."

기다렸다.
기다렸다.
기다렸다.
기다렸다.
기다렸다.
기다렸다.
기다렸다.
기다렸다.
기다렸다.

그리고 기다렸다. 배는 움직이지 않았다. 승객들은 웅성거렸고 볼멘소리로 투덜거렸고 항의했고 끝내 선장을 조타실 밖으로 끌어냈다. 대체 무슨 일이냐. 어쩌자는 거냐. 선장은 자신도, 선원들도—'들'이라고 해 봤자 한 명뿐이었다—원인을 찾기 위해 애쓰고 있는데 잘 모르겠다며 아무래도 이 배로는 운항 재개가 어려울 것 같다고 궁색하게 말했다. 불길에 기름을 붓는 답변이었다. 아니, 그럼 지금까지 뭘 한 거냐, 진작에 다른 배를 부르든가 했어야지, 어떻게 책임질 거냐, 시간도 시간이지만 정신적인 피해는 어쩔 거냐. 조타실 앞에 모여 선 사람들이 선장을 에워싸고 피해 보상을 요구하며 삿대질했다. 선체가 워낙 오래돼서, 출발 전에 살펴봤는데 이런 문제가 벌어질 줄 몰랐다며, 선장은 연신 고갤 숙였으나 승객들의 화는 누그러들지 않았다. 이래도 상황을 예의 주시하고 있었다. 얼마나 시간이 흘렀을까. 결국, 얼굴이 붉으락푸르락해진 선장이 이런 쌍. 불렀다고요. 곧 온다고요. 다른 배가! 소리치며 조타실로 들어가 문을 걸어 잠갔다. 흥분한 승객 몇이 조타실 문을 발로 걸어찼다. 배가 조금씩 흔들렸다. 큰 파도 때문이었는데, 누군가가 배가 조금씩 기울어지는 것 같지 않냐고 말했고, 그 말은 삽시간에 배가 기울고 있다는 얘기로 퍼졌다.

그사이 객실로 자리를 옮겨 눈을 붙이고 있던 민과 산호를 깨운 건 이래였다. 민과 산호는 비몽사몽으로 이래가 들려주는 얘길 들으며 2층 야외 좌석으로 다시 몸을 옮겼다.

굳게 닫힌 조타실 문을 보면서 대화를 나누던 무리 중 한 사람이 저기 선장이 있긴 있는 거냐고 말했다. 있는데 왜 안 나와 보느냐고. 혹시 조타실에서 배 밖으로 나가는 통로가 있는 거 아니냐고. 설마요. 누군가가 대꾸했다. 1층에서 2층으로 올라오며 그들의 대화 말미를 들은 한 사람이 1층 객실로 다시 내려가 일행에게 말을 전했다. 선장이 사라졌답니다. 뭐요? 배를 버리고? 그렇다니까요. 그 조타실이 배 밖으로 연결된대요. 그들 뒷좌석에 앉아 듣고 있던 한 사내가 벌떡 일어나 객실 한쪽에 비치된 소화기를 들고 밖으로 뛰쳐나갔다.

"비켜요, 비켜, 이 개새끼를 내가."

2층으로 올라온 사내가 조타실 앞 유리창을 향해 소화기를 내던졌다. 사내는 유리창이 와르르 깨지는 걸 기대했으나 소화기는 유리창에 닿지 않고 사내의 발등 위로 굴러떨어졌다. 사내가 비명을 내질렀고 승객 몇도 놀라서 아우성쳤다. 갑자기 조타실 문이 열리며 러닝 차림의 선장이 나타났다. 선장은 발등을 부여잡고 뒹구는 사내를 소방 호스로 겨냥했고 연이어 소화기 손잡이를 움켜쥐었다. 흰 가루가 마구잡이로 날렸다. 2층은 순식간에 아수라장이 되었다. 사내가 선장에게 덤벼들었다. 그 모습을 본 아이들이 울기 시작했고 그 울음이 선체를 휘감았다. 그런데도 사내와 선장은 아랑곳없이 신발이 벗겨질 정도로 격렬하게 몸싸움했다. 누구도 말리지 않았다.

"애들이 놀라잖아요!"

"그만하세요, 그만!"

이래와 산호가 사람들을 헤치고 나가 엉겨 붙은 두 사람을 떼어 내리려고 애썼다. 하지만 그럴수록 두 사람은 더 심하게 손과 발을 휘둘렀고 급기야 두 사람의 큰 손이 차례로 이래의 얼굴을 강타했다. 이래가 느닷없는 충격으로 쓰러지자 두 사람은 멈칫했고 그 틈을 타 산호는 둘을 양쪽으로 벌려 놓았다. 숨 고르기를 하며 몸을 일으켜 세운 이래의 양쪽 콧구멍에서 푸른 피가 주르륵 흘러내렸다. 흰 티셔츠가 푸른 점으로 얼룩졌다. 그 광경을 지켜보던 한 여인이 묵주의 십자가를 꾹 쥐며 기계네요, 하고 옆 사람에게 속삭였고 그걸 들은 사람이 그 옆 사람에게 귓속말했다. 기계들이네요. 단체로 여행을 온 듯 티셔츠를 맞춰 입은 사람들을 거치며 이야기가 묘하게 흘러갔다.

"우리는 기계들에게 납치된 겁니다. 그렇지 않고서야 이렇게 배가 안 올 리가 없죠?"

묵주를 쥔 여인이 누구도 보지 않고 누가 들어도 상관없다는 듯 근엄하게 말했다.

"저기 보세요. 피가 빨간색이 아니잖아요!"

그녀 옆에 서 있던 사내가 이래를 손가락으로 가리켰다.

"맞아요. 저 선장도 기곌 겁니다. 아니 기계겠죠. 저것들이 다 한패예요."

어깨를 움츠리고 사내 옆에 선 여인이 성호를 그으며 확신에 차 말을 이었다. 선장과 싸우던 사내도 은근슬쩍 그 대열에 합류했다. 선장은 넋을 놓고 앉아 있었다.

이래와 산호는 자신들을 에워싸고 있는 사람들을 둘러봤다. 우리랑 같다는 걸 증명해 봐. 그런 눈빛은 한번 보면 잊을 수 없다.

"그래요. 저는 AI입니다. 그렇다고 저한테 이런 폭력을 행사하시면 안 되는 거예요. 당장들 그만하세요. 물러나세요!"

이래가 묵주를 쥔 여인을 쏘아보며 말했다.

"눈에 아주 살기가 가득하구먼."

손가락질하던 사내가 혀를 차며 이래를 노려봤다.

"그쪽 눈이 더 무섭거든요."

산호가 이래 곁에 와 섰다.

"뭐! 그쪽? 머리에 피도 안 마른 새끼가, 저 새끼도 분명 같은 편이에요. 같은 편이니까 저러는 거라고! 저 새끼들이 우리를 납치해서……."

"아니에요!"

민이 인간의 대열에서 빠져나와 산호에게 다가서며 크게 외쳤다.

"이분은 평화학교 활동가 이래, 저희는 원산고등학교 2학년 정김민, 윤산호. 비치코밍 하러 능금도에 가는 길이라고요! 죽기 전에!"

"증명해 봐요."

묵주를 쥔 여인이 얼굴이 붉게 달아오른 민에게로 한 발짝 다가서며 말했다. 여인의 손에 들린 작은 칼을 보며 사람들은 뒤로 물러섰고 민도 당황하여 몸을 뒤로 피했다.

"간단한 거예요. 그냥 살짝 그어만 봐요. 십자 모양으로. 붉은 것을 보여 주면 돼요. 그럼 우리 편이 되는 거고, 이쪽으로 오면 되……."

묵주를 쥔 여인이 말을 채 끝내기도 전에 이래가 칼을 가로챘다.

"좋아요, 그럼 다 하죠."

이래가 여인에게로 칼을 돌려 내밀며 말했다.

"간단한 거니까. 그냥 살짝 그어만 보는 거예요. 그쪽부터."

사람들이 묵주를 쥔 여인을 힐끔힐끔 쳐다보며 쑥덕거렸다.

"배다! 배!"

누군가가 바다 한가운데를 손가락으로 가리키며 고함쳤다. 사람들이 일제히 배가 보이는 방향으로 몰려가 손을 흔들었다.

"살려 주세요, 살려 주세요!"

선장이 한 다리를 절며 조타실로 느릿느릿 들어갔다.

"승객 여러분 오랜 시간 기다려 주셔서 고맙습니다. 지금 배가 오고 있습니다. 배가 옵니다. 승객 여러분들께선 지금 계신 곳에서 가만히 대기해 주십시오. 승객 여러분의 안전을 책임지는 선장으로서 운행 중 불편을 끼쳐 드린 점 다시 한번 사과드립니다. 거듭 알려 드립니다. 배가 오고 있습니다. 승객 여러

분들께서는 그 자리에서 가만히 기다려 주십시오."

마치 아무 일도 없었다는 듯 차분한 선장의 방송이 끝나자 2층에 모여 있던 사람들이 일제히 1층 객실로 내려갔다. 붉은 티셔츠의 단체 여행객들도 재빠르게 사라졌다. 2층에 남은 사람은 이래, 민, 산호뿐이었다. 긴장이 풀렸는지 셋은 힘없이 털썩 주저앉았다. 산호는 이래가 건넨 손수건을 생수로 적신 후에 이래의 코와 얼굴 주변을 닦았다. 민은 검지로 산호의 이마를 문지르고 또 문질렀다. 한동안 셋은 신기루 같은 배를 바라보며 마음을 가라앉혔다.

"괜찮아요?"

"네, 괜찮아요. 이 정도는 뭐."

"사람들이 진짜 무섭다. 우린 저기 가지 말고 끝까지 여기 있어요. 어?"

민이 손가락으로 하늘을 가리켰다.

광채를 뿜어내는 비행 물체 한 대가 화양호 쪽으로 빠르게 다가오는 중이었다. 어째서였을까. 셋은 약속이라도 한 듯 입을 다문 채 그 빛을 따랐다. 눈물을 글썽였다.

"희망 님일까요?"

"그런가?"

"늦어도 온다더니. 어떻게든 오겠다더니 오나 보네요."

민이 먼저 일어나 선체 난간에 가 섰고, 산호가 그 옆으로 가서 손수건을 흔들었다. 이래도 그들 곁에 섰다. 한 손에 꼭 쥐고 있던 칼을 바다로 던졌다. 어느새 화양호 상공에 도착한 비행 물체에서 커다란 무지개 광선이 쏟아져 내려왔고 셋은 붕 뜬 채로 일제히 고개를 들어올렸다.

죽기 전에.

모든 이야기는 그것에 관한 것이다.

"내일은 기억 교실 갔다가 농구나 할까?"

"키 좀 컸어?"

"에? 못 느꼈어? 이제 깔창 빼도 172야."

산호는 환하게 미소 지으며 민의 이마를 검지로 문질렀고, 민은 가만히 기다렸다. 산호의 웃음이 자기 마음 끝까지 닿기를.

이제 믿지.

이제 믿어.

그들은 해변에 앉아 일몰을 봤다. 침묵한 채. 각자 다른 시선으로. 같은 곳을. 오랫동안. 이래는 두 사람을 지켜봤다.

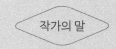

매번 단편을 쓸 때면 장편을 염두에 둡니다. 그러면 소설 속 어떤 존재도 소홀히 대할 수 없고 아끼게 되기 때문입니다.

다른 이의 소설을 읽을 때도 같은 마음이어서 작품에서는 미처 드러나지 않는 사건과 어떤 존재의 이전 이야기와 이후 이야기를 제 식으로 상상하곤 합니다.

아끼는 마음으로 아직 일어나지 않은 일이나 존재하지 않은 대상을 머릿속으로 그려 보는 일. 그 상상을 믿음이라고 부른다면 어떨까요?

믿을 수 있기에 말할 수 있겠습니다.
계속 쓰겠습니다. 읽어 주세요.

믿어 주세요.

김현

안녕,
    장수극장

박
서
련

박
서
련

철원에서 태어났다.
2015년 「미키마우스 클럽」으로 실천문학
신인상을 수상하며 작품 활동을 시작했다.
장편소설 『체공녀 강주룡』 『더 셜리 클럽』
『마법소녀 은퇴합니다』, 소설집 『당신 엄마가
당신보다 잘하는 게임』 등을 썼다.
제23회 한겨레문학상,
제12회 젊은작가상을 받았다.

중간고사가 끝난 금요일은 분위기가 뒤숭숭했다. 시험이 끝나는 날답게 소란스럽기도 했지만, 뭐랄까 전체적으로는 을씨년스러운 느낌이었다. 1교시부터 내내 애들 모두 날이 바짝 서 있는 것이 경기 시작 10초 전의 운동장 같았다. 뭐 시험은 애초에 포기하고 큰 소리로 "끝나고 피자 먹을 사람." "노래방 갈 사람." 하는 애들도 있었지만 대부분은 그 말을 못 들은 척하거나 눈치를 줬다.

　일단 1교시 시험 과목부터가 불길했다. 학생 주임 선생님이 미리 으름장을 놓은바, 만약 우리 반이 이번에도 자기 과목 시험을 망치면 옛날식으로다가 남자애들은 구레나룻을 싹 밀어 버리고 여자애들은 줄여 놓은 치마 솔기를 다 틀어 버린다고 했기 때문. 요즘 때가 어느 때인데 설마 그러려고 싶으면서도, 몸소 증인이 되고자 하는 사람은 아무도 없는 게 당연했다. 그

거야 공갈 협박이라 쳐도 학생 주임 선생님이 무서운 건 사실이었으니까.

그것만이 이유라면 1교시 시험이 끝난 직후 분위기가 반전되었어야 했는데 그렇지도 않았다. 그럼 뭐지, 점심 먹고 오후 수업 한다는 얘기 때문? 그건 헛소문이라고 진작 밝혀지지 않았나? 이것도 아니고 그것도 아니라면 대체 뭐 때문이지. 먼저 나서서 애들한테 뭐가 그리들 심각하냐고 물을 것도 아니면서 나는 혼자 궁금해만 하고 있었다.

"장수극장 진짜 닫아?"

그렇게 물은 애는 우리 반도, 하물며 우리 학년도 아닌 학생 회장이었다. 종례가 끝나자마자 우리 반으로 달려와 물은 것이었다. 아, 그래서였구나. 시험 끝난 기념으로 어디에 갈지 이러쿵저러쿵하던 애들이 갑자기 싹 입을 다물어서 나도 알았다. 우리 극장 폐업하는 게 드디어 소문이 났구나.

"왜 닫아?"

학생회장이 재차 물었지만 해 줄 말이 없었다. 진짜 몰라서 물어? 당연하지 않나, 장사가 안 되니 닫지. 사람도 굶으면 죽잖아. 극장 목구멍에도 손님이 계속 들어와야 하는데, 그게 안 되니 안 닫으면 어쩔 거냐고. 우리 극장 동시 상영 시간에는 맨날 매표소 밑을 기다시피 해서 몰래 지나가는 동네 백수 하나를 포함해 많으면 다섯 명, 적으면 두 명밖에 손님이 오지 않은 지 꽤 됐다.

잠자코 가방을 쌌다. 모든 과목이 다 노력한 만큼은 점수가 나올 것 같았고, 그래서 걱정이 없었다. 1교시 사회 반 평균이 어떻게 나올지는 조금 우려스러웠지만 그것도 솔직히 나와는 큰 상관 없다고 느꼈다. 난 열심히 했으니까.

"왜 닫는데?"

가방을 등에 걸치고 나가려는 나를 회장이 붙들었다. 드라마 남자 주인공들이 여자 주인공들에게 그러듯이. 제가 뭐 엄청 멋있는 짓이라도 하고 있는 줄 아나. 당겼다 놓은 고무줄이 제자리로 돌아가듯 나도 회장 곁으로 한 발짝 뒷걸음질을 치게 됐다.

"이게 무슨 짓이에요?"

장단을 맞출 생각은 조금도 없었지만, 하고 보니 내 말도 드라마 여자 주인공들의 단골 대사 같았다. 손목을 털어 회장의 손을 홱 뿌리치고서야 우리 반 애들 아무도 안 가고 나와 회장을 지켜보고 있었다는 사실을 알아차렸다.

"닫을 만하니까 닫죠. 아, 진짜 쪽팔려. 가세요, 그냥."

다다다 말을 쏟아 내고 전속력으로 교실을 빠져나왔다. 회장더러 가라고 해 놓고 정작 떠난 쪽은 나란 사실을 깨달은 건 교문을 벗어나고도 한참 뒤였고, 나는 그 지긋지긋한 장수극장의 매표소를 지키러 가야 했다.

'장수극장'이란 이름은 할아버지가 지었다. 맏아들 이름이 장수라서. 할아버지 이름은 준영, 아버지 이름은 장수. 이름, 하면 초등학교 시절 할아버지 할머니 엄마 아빠 이름을 공책에 적는 숙제를 했을 때 생각이 난다. 아버지가 알려 주는 대로 한자까지 한 획 한 획 정성껏 적어 가서 수업 시간에 발표하자 아이들이 웃었다. 아빠 이름과 할아버지 이름이 바뀐 것 같다면서. 그런가? 할아버지 이름이 옛날 사람치고 세련된 스타일이긴 하지만, 아버지 이름이라고 그 또래 중 눈에 띄게 후진 느낌은 아닌데. 나야 기억도 잘 나지 않는 할아버지보다는 묵묵하면서도 다정한 우리 아버지가 훨씬 좋았고, 그래서 아이들의 반응이 속상했다.

내가 속상했든 말든 할아버지가 아버지보다 세련된 사람인 건 사실이었던 모양이다. 이름 말고도 다방면으로. 그 점이 우리 가족에게 다방면의 고달픔을 안겨 주었고 말이다.

내가 아는 바는 이렇다. 배우를 꿈꾸던 할아버지는 꿈을 이루지 못한 아픔을 고향에 작은 극장을 만드는 것으로 달래려 했다. 할머니가 아버지와 그의 동생들을 대학에 보내려고 10년 넘게 모은 목돈을 홀랑 쏟아부었다. 미안해서였는지 극장이 아들만큼 소중하다는 의미에서였는지, 할아버지는 극장에 장남 이름을 붙였다. 오래 살라고, 긴 수명을 누리라고 지은 이름 장수. 장수극장은 오랫동안 문전성시를 이루었다. 멀티플렉스 극장이 없던 시절이기도 하고 애초에 극장이 생길 만큼 큰 도시가 아니기도 했으니까.

하지만 장사가 잘되어 봤자 좌석이 백 개 남짓한 단관이었다. 흑자가 나기 시작한 것은 극장을 연 지가 5년이 조금 넘은 시점부터였다. 장수극장이 흑자를 낼 즈음 장수극장 윤 회장의 아들 윤장수는 결혼을 했다. 대학 등록금을 자기와 이름이 같은 극장에 빼앗긴 윤장수 씨는 결국 대학생이 되지 못했다. 그의 나이 스물한 살에 내가 태어났기 때문이다.

"다녀왔습니다."

매표소 창을 두드리며 인사하자 꾸벅꾸벅 졸던 아버지가 화들짝 놀라 자세를 고쳤다.

"어, 왔구나."

나는 매표소 왼쪽에 달린 쪽문을 가리켰다. 아버지는 문 높이에 맞추어 고개를 숙이고 나왔다.

"고생했다."

"고생 안 했어요."

시험 잘 봤느냐고 묻는 것도 아니고, 자식이 시험을 봤는지 말았는지 무관심한 것도 아니고, 그저 고생했다 말해 주는 게 아버지의 방식이었다. 그래서 아버지가 좋았지만 같은 이유에서 밉기도 했다. 아버지가 이렇게 좋은 사람이어서는 반항을 할 도리가 없으니까.

"고생해라."

매표소 안에 들어가 앉자 아버지는 그렇게 말하고 떠났다.

집에 들러 간단하게 요기를 하고 어머니와 같이 논에 갈 터였다. 농사야말로 우리 집 본업이었고, 2학기 중간고사 기간은 농사꾼에게도 중요한 시기였다. 가을걷이를 코앞에 두고 할 일이 몰려드는 때. 부모님이 바쁜 줄 익히 아는 나는 매표소를 지키며 시험공부를 했다. 손님이 적고 내가 아직 중학생이니 망정이지, 극장을 계속 이렇게 운영할 순 없다는 걸 우리 가족 모두 알고 있었다.

"오늘은 무슨 프로를 하나?"

멍하니 앉아 있던 내게 말을 건 사람은 고려라사 고 사장 할아버지였다. 할아버지 생전 절친한 친구였다는 고 사장은 거의 매일 찾아와 같은 질문을 건넸다.

"어제랑 같은 거 해요."

"한 장."

장수극장의 티켓은 구멍을 낸 고리에 끼운 싯누렇고 얇은 종잇조각이었다. 티켓 테두리를 따라 영화 필름처럼 생긴 무늬가 있고 가운데에는 '상영작: _____'이라 인쇄되어 있을 뿐이라 마음만 먹으면 얼마든지 위조할 수 있을 법했다. 나는 티켓을 한 장 뜯어 볼펜으로 '오후 동시 상영'이라고 쓴 다음 날짜 스탬프를 찍어 고 사장에게 내밀었다.

"몇 시에 하나?"

"30분 있다 오세요."

30분은 금세 흘렀고 고 사장도 때맞춰 나타났다. 나는 매표

소 창구에 '매진'이라 적힌 팻말을 걸었다. 물론 매진과는 정반
대 상황이었지만 자리를 비울 구실이 적힌 팻말이 그것 말고
는 없었다. 매표소 문을 잠그고 고 사장과 함께 극장으로 들어
갔다. 작달막한 체구에 잘 맞는 정장을 입은 고 사장은 걸음이
아주 느렸다. 고 사장은 상영관 앞에서 내게 티켓을 보여 주었
고 나는 그를 들여보낸 후 '상영 중' 팻말을 걸고는 2층 영사
실로 올라갔다. 영사기 작동법이야 어깨너머로 배우긴 했지만,
기본적으로는 아버지가 설정해 둔 채로 버튼만 누르면 됐다.
상영관 불이 꺼지고 은막이 밝아졌다. 영사실과 상영관을 잇
는 작고 투명한 창 위에 내 얼굴이 유령처럼 비쳤다.

　매표소로 돌아와서는 할 일이 없었다. 나도 영사실에 앉아
영화나 마저 볼걸 그랬다. 동시 상영작 두 편 다 대사를 줄줄
욀 만큼 봤지만 그래도. 명진글방에서 만화책이라도 빌려 올
걸. 시험이 끝나서 공부하긴 좀 그렇고.

　"저기."

　갑자기 매표소 창문을 두드리며 말을 건네 온 사람은 회장
이었다. 나는 아버지가 조금 전 그랬듯 화들짝 놀라며 회장을
맞았다.

　"영화 아까 전에 시작했는데요."

　장수극장에서는 딱히 광고 같은 것을 틀지 않아 영화가 바
로 시작되었다. 도입부를 놓쳤어도 보고 싶다는 사람이 있으
면 웬만하면 들여보내 주는 편이었지만, 회장한테는 어쩐지

그런 인심을 베풀고 싶은 생각이 들지 않았다.

"영화 보러 온 거 아니야."

"그럼요?"

극장에 영화를 보러 온 게 아니면 어쩌겠다는 거지? 우리 집에서 하는 극장이라고 조금 내 맘대로 하려고 들긴 했지만, 정작 영화를 볼 생각이 없다 하니 맥이 풀렸다. 마음 한구석에는 그래도, 우리 극장 폐업하는 게 그렇게 화제가 되었다면 약간이나마, 잠깐이나마 영화를 보러 오는 사람이 늘지 않을까 하는 기대가 있었기 때문에.

"짧게 인터뷰 좀 할 수 있을까 해서."

"인터뷰요?"

"응, 축제 때 틀게. 잠깐이면 되는데."

"제 인터뷰를 축제 때요?"

학교 축제는 중간고사 다다음주, 꼭 열흘 후로 예정되어 있었다.

"아, 정확히는 장수극장 사장님과 인터뷰를 하고 싶은데. 윤송, 너랑도 괜찮아."

회장은 내 교복 조끼 주머니에 박음질된 명찰을 보며 말했다. 내 이름을 처음 알았다는 듯. 재수가 없었다. 인근에서 유일한 중학교라 동네 아이들이 모두 다니고, 그런데도 전교생 200명이 채 못 돼 서로서로 이름과 얼굴을 훤히 알았다. 전학을 와도 한 학기면 전교생 신상을 대강 익히게 마련인 코딱지만 한 동네에서 새삼 처음 안 사람처럼 구는 게 꼴같지 않았다. 하물며 인터뷰라니.

"아버지한테 여쭤볼게요."

"사실 축제 준비하면서 촬영도 하고 편집까지 하려면 시간 별로 없거든. 오늘 당장 했으면 좋겠는데."

"저는 못 해요."

"어려운 것도 아냐. 인터뷰라기보다 축제 축하하는 인사 영상이라고 생각하면 되는데."

그렇게 별것 아니면 잘난 자기가 해서 넣든지. 아무리 전교생 200명이 안 되는 학교 축제라고 해도 쪽팔린 건 쪽팔린 거였다. 나는 굳이 이목을 끄는 행동을 하고 싶지 않았다. 조용히 다니다 조용히 졸업하고 좋은 대학에 가서 이 지긋지긋한 동네를 벗어나는 거, 그게 내 꿈이었다. 나중에 누가 이 동네 사람들을 붙들고 윤송이란 사람이 이 고장 출신이 아니냐고 물어도 '그게 누구지?' 하고 어리둥절해했으면 좋겠다고, 나는 늘 생각했다. 우리 아버지 윤장수 씨와는 완전히 반대로. 읍내 모든 사람들이 이름을 알고, 알다 못해 이름이 읍내 가장 큰 건물에 대문짝만 하게 박혀 있고, 평생 이 읍에 붙박여 사는 건 상상하기도 싫은 일이었다.

나는 매표소에 앉은 자세 그대로 회장을 말없이 올려다보기만 했다. 매일 아버지가 반짝반짝하게 닦아 두는 투명 유리창이 그렇게나 원망스럽긴 처음이었다. 회장은 그만 가 줬으면

하는 눈치를 읽어 내고도 한참은 지났을 무렵에야 말했다.

"그럼 이거라도 아버지께 보여 드렸으면 좋겠는데."

회장은 웬 종잇조각을 매표소 창구로 밀어 넣으려 했다. 그것이 그대로 지나오기엔 창구 폭이 조금 좁았기 때문에 회장은 종잇조각을 말아서 다시 내밀었다. 나는 받자마자 그것을 읽어 보았다.

안녕하세요? 저는 첨호중학교 3학년 주해성입니다.

곧 첨호중학교의 전통 있는 축제 첨호제가 열립니다.

이번 축제에는 더욱 기억에 남는 순서를 만들고 싶어 고민하다가, 우리 읍을 빛내고 계신 여러 선생님들의 축사 말씀을 상영해 보면 어떨까 하는 아이디어를 떠올렸습니다.

간단한 인터뷰를 요청드리고 싶습니다.

어떤 일을 하고 계시는 누구신지에 대한 소개와 함께 첨호제에 보내는 축하 인사를 촬영하려고 합니다.

협조해 주셔서 감사합니다.

용지를 가로로 눕혀 인쇄하고 반으로 잘라 만든 듯한 안내문 맨 아래에는 회장의 휴대폰 번호와 메일 주소가 적혀 있었다. 나는 그것을 매표소 간이 탁자 위에 아무렇게나 두고 엎드려 잤다. 애매한 자세 때문에 뒷덜미가 시려 깨어났을 무렵에는 늘 매표소를 몰래 지나치는 백수 아저씨가 고 사장과 함께 나오고 있었다.

극장에서는 영화만 상영하는 게 아니라 연극도, 인형극도, 마당극도, 뮤지컬도, 콘서트도 열렸다. 심지어는 결혼식도 했다. 장수극장 1호 부부는 물론 윤장수 씨와 심미애 씨, 우리 아버지와 어머니. 두 분이 극장에서 결혼식을 올린 까닭은 그게 맛있어서가 아니라 대관료가 들지 않아서였다. 남들한테야 극장 대관료가 농협 2층 예식장 대관료보다 부담스러울지 몰라도 장수극장 윤 회장 아들 윤장수에게는 그렇지 않았으니까. 놀랍게도 두 분은 장수극장에서 결혼한 마지막 부부가 아니었다. 극장 결혼식은 의외로 장점이 많았던 것이다. 예를 들어 밝은 무대 조명과 읍내 어느 곳보다도 넉넉한 좌석 등. 덕분에 몇 번의 결혼식이 연달아 열렸다. 아버지의 친구들이 시집 장가 들 때가 되어 아버지와의 의리를 지킨 것일 수도 있을 테고. 단점을 꼽자면 무대와 달리 어두운 객석 조명과 예식을 공연으로 느끼게 만드는 객석 경사. 한 달이 멀다 하고 장수극장에서 결혼식이 열리던 시기도 있었다고 한다. 극장 결혼이 그시대의 유행이 된 셈이었다. 하지만 그 유행도 오래가지는 못했다. 농협 2층 예식장이 리모델링을 했기 때문이다. 그때 새로 한 인테리어도 이제는 한물간 것이 되었지만.

그나마 극장을 극장답게 하는 공연 대관 의뢰는 심심찮게 들어왔었다. 유치원 재롱 잔치, 상가 번영회 장기 자랑, 학교

연극부 발표회처럼 우리 읍 사람들이 중심인 것도 있었지만, 역시 전국 순회 공연으로 찾아온 외지인들이 주를 이루었다. 도시에서 몇 번이고 되풀이해서 이제 도시 사람들에게는 질려 버린 레퍼토리. 그런 무대가 우리 극장에는 잘 어울렸다. 서울에서는 한 장에 만 원, 만오천 원이었을 티켓값이 우리 동네에 와 삼천 원이 되는 기적은 그래서 일어날 수 있었다. 정작 진짜로 멋있는 것, 좀체 질리지가 않아서 도시 사람들이 꼭 쥐고 놓아 주지 않는 것, 예를 들어 댄스 경연 프로의 우승 팀 공연 등은 장수극장과는 거리가 멀었다.

그러니 공연 흥행이 점차 시들해진 것도, 그래서 여기서는 더 이상 재미를 보기 어렵겠다 생각한 외지인들이 발길을 서서히 끊은 것도 누구 탓을 할 문제가 못 되었다. 굳이 따지자면 집집마다 놓인 TV 화면이 몰라보게 커져 버린 탓. 케이블 방송이나 OTT 구독으로 웬만한 영화는 다 볼 수 있게 되어 버린 탓. 명절에 우리 극장에서 야심차게 준비한 마당극 공연을 올리면 방송국에서는 전국 팔도 트로트 명인 대회를 내보내는 탓. 무엇보다도, 차 타고 30~40분이면 갈 수 있는 도시에 멀티플렉스 상영관이 생겨 버린 탓.

즉 모든 것은 지금이 21세기인 탓이었고, 그 낱낱의 이유들이 모두 장수극장은 이 시대에 어울리는 공간이 아니라는 증거였다.

할아버지의 사업 수완이 좀 괜찮았더라면 상황이 달랐을

까? 읍내에서 내로라하는 멋쟁이였다는 할아버지는 여윳돈이
생기면 곧장 고려라사에 달려가 양복을 맞췄다. 재작년에 돌
아가신 할머니는 틈날 때마다 할아버지 젊을 때 이야기를 하
면서 어이가 없다는 듯 피식피식 웃었다. 그래도 마냥 할아버
지를 나쁘게만 얘기하지는 않았다. 얼굴값 한답시고 여자 문
제로 속 썩일 만도 했는데, 읍내 계집애들 가슴 앓는 소리에
콧방귀 한번 안 뀌었다며. 콧방귀는 우리 어머니가 뀌었다. 어
머니는 아버지나 할머니에 비해 할아버지에 대한 평가가 냉정
했다.

"자기밖에 몰라서 그랬지 뭐. 세상에서 자기가 제일 예쁘고
귀한 양반이었는데 눈에 차는 여자가 있었겠니. 집에서 짝지
어 준 마누라면 됐지."

심야 프로는 수요일과 토요일에만 틀기 때문에 나는 부모
님보다 먼저 집에 와 있었다. 트럭이 마당으로 들어오는 소리
는 저녁을 준비하라는 신호와 같았다. 찌개 불을 올린 후 반찬
을 꺼내고 수저를 놓을 즈음 현관에서 옷을 팡팡 터는 소리가
들렸다. 어머니였다. 먼지 턴 작업복을 둘둘 말아 껴안고 들어
온 어머니는 곧장 욕실로 가 샤워를 했다. 이윽고 마당에서 등
목을 한 아버지가 들어왔다. 윗몸에서 흘러내린 물기가 작업
복 바지를 뒤덮은 흙먼지와 뒤섞여 마루에 흙탕물 자국을 남
겼다.

"식사하세요."

"금방 씻는다."

이윽고 어머니가 욕실에서 나와 안방으로 들어갔다.

"식사하세요."

안방을 향해 외치자 어머니가 대답했다.

"아버지 다 씻으면 같이 먹자."

아버지가 욕실로 들어간 사이 어머니는 상가 번영회에서 나눠 준 12회 단합 대회 티셔츠를 입고 나왔다. 나는 밥을 퍼 담고 찌개와 함께 식탁에 올린 다음 자리에 앉았다. 곧 능이버섯 아가씨 선발 대회 티셔츠를 입은 아버지가 마루로 나왔다. 우리는 TV도 켜지 않고 세탁기 돌아가는 소리를 들으며 밥을 먹었다.

"사과 깎을까요?"

어머니가 말하고 아버지가 끄덕였다. 한동안 셋이서 사과 깨무는 소리만 아삭아삭 울렸다.

"아까 논에서 해성이 아빠가."

어머니가 다 파먹은 사과 심지를 내려놓으며 말했다.

"뭐를 맡긴다고 하데? 해성이가. 까먹지 않게 말 좀 해 달라고 신신당부를 했대."

회장의 인터뷰 안내문 얘기일 터였다. 안내문을 숨겨 놓고 축제가 지나가길 기다릴 작정이었지만 동네가 작아 애고 어른이고 서로 다 알다 보니 그럴 수도 없었다. 나는 방에서 회장이 준 안내문 쪼가리를 가지고 와 아버지에게 건넸다.

"캠코더 어디에 뒀더라?"

"장롱 왼쪽에."

아버지가 묻고 어머니가 답했다.

"하시게요?"

"왜?"

왜 안 하겠니? 하고 되묻는 것이겠지. 왜 그런 걸 해야 하는
지만 생각했던 나는 그 한마디에 말문이 막혔다. 아버지가 마
지막 사과 조각을 입에 쑥 밀어 넣고 일어나 안방에서 캠코더
와 삼각대를 꺼내 왔다. 할아버지 할머니 생전에 찍은 가족사
진, 다섯 살 먹은 내가 자주색 원피스를 입고 가운데에 앉아
있는 커다란 사진이 걸린 벽을 배경 삼아 캠코더를 설치한 아
버지는 어색하게 그 앞에 섰다가 다시 안방으로 들어갔다. 이
윽고 나온 아버지는 능이버섯 아가씨 선발 대회 티셔츠 대신
경조사용 감색 정장을 입고 있었다. 아랫도리는 그대로 추리
닝 바지를 입은 채로.

"안녕하십니까. 장수극장 사장 윤장수입니다."

아버지는 캠코더 녹화 화면을 확인하고는 내 방에서 스탠
드를 꺼내 왔다. 스탠드 둘 곳이 없어서 어머니가 들고 있기로
했다. 다시 촬영이 시작됐다.

"첨호중학교 학생 여러분 안녕하십니까. 22회 졸업생, 장수
극장 사장, 윤장수입니다."

설거지를 하려고 하자 어머니가 고개를 저었다. 물소리가 시끄러우니 자기가 나중에 하겠다고. 나는 아버지가 한동안 쩔쩔매는 모습을 보다가 방으로 들어갔다. 자려고 불을 끌 즈음 아버지가 밖에서 나를 찾았다. 송아, 이거 컴퓨터에 어떻게 하지? 못 들은 척하고 싶었지만 일어나서 마루로 나갔다. 아버지와 나는 한참 동안 씨름하다 자정 무렵에야 파일을 회장에게 보냈다. 이렇게 번거로울 줄 알았으면 그냥 회장이 찍겠다고 할 때 그러라고 할걸. 새삼 안내문을 다시 보니 영상을 찍어 보내 달라는 말은 일언반구도 없었다. 축하 영상을 직접 찍어 보내겠다는 건 순전히 아버지의 생각이었던 것이다. 왜였을까? 아마도 캠코더가 아까워서였겠지. 짐작되는 이유는 오로지 그뿐.

우리 가족에게 남아 있는 애물단지 대부분이 그렇듯 캠코더를 산 사람도 할아버지였다. 노인이 되어서나마 배우의 꿈을 이루고 싶어, 오디션 데모 테이프라도 찍으려 한 것일까. 내 생각엔 그랬지만 정작 할아버지는 첫 손주인 내 핑계를 댔다고 한다. 애들은 빨리 큰다. 숨만 쉬어도 재롱 같고, 호 불기만 해도 까르르 웃고, 저부터가 예쁨을 받고 싶어 안달을 낼 시기는 금세 지나간다. 할아버지 말씀이야 그랬다는데, 지금 생각하면 웃음도 안 날 소리였다. 맏아들이 한창 클 동안 할아버지 당신은 집에 있지도 않았으면서 뭘 그리 잘 아신다고.

그런 구실로 마련한 캠코더는 그때 그 매장에서 두 번째로 값비싼 것이었고 당연히 홈 비디오용치고 사양이 지나치게 높았으며, 우리 가족 중에는 그 전문가용 캠코더를 제대로 쓸 줄 아는 사람이 아무도 없었다. 할아버지가 찍고 VCR 형식으로 뜬 테이프는 여러 장 있지만 뜻밖에도 거기에는 할아버지 본인 모습이 무척 드물었다. 할아버지가 돌아가신 후 그 비디오 테이프들을 낮 차례고 돌려 보며 생전 모습을 찾아본 아버지가 해 준 이야기였다. 월드컵 때 우리 읍 단체 응원 촬영에 한 컷, 할머니 쉰다섯 살 생신 때 모처럼 아버지 형제 모두 모여 찍은 영상에 또 한 컷, 아버지가 모는 트럭 조수석에서 한갓진 논과 하늘 풍경을 찍으며 비포장도로를 울퉁불퉁 달려가다 캠코더를 놓친 뒤 거꾸로 받아들고 후유 한숨을 내쉬는 장면 한 컷. 그렇게 한 다섯 장면 총 10여 초 정도의 모습이 남아 있었다고. 광고 하나를 만들까 말까 한 분량으로.

할아버지가 돌아가신 것은 사진관에서 그 커다란 가족사진 액자를 받아 온 지 얼마 지나지 않아서였다. 그러니까 내가 다섯 살, 아버지가 스물다섯 살일 때. 잘 기억은 나지 않지만, 아버지가 VCR 장치가 달려 있는 작고 낡은 TV 앞에서 몇 날 며칠씩 할아버지 그림자를 좇을 동안 나도 아버지 곁에 있었던 모양이다. 지금도 그렇지만 나는 그때도 아버지가 할아버지를, 자기 아버지를 왜 그렇게 좋아하는지를 이해하지 못했다. 그에 대한 이야기는 어머니가 들려주었다.

"그 어린 게 뭘 알아서 그랬는지, 계속 텔레비전 앞을 알짱거리면서 비디오 못 보게 훼방 놓다가 즈이 아버지한테 이러더라니까. 아빠는 할아버지가 뭐가 좋아요?"

물론 내게는 그에 대한 기억도 없었기 때문에 아버지가 뭐라고 답했는지가 몹시 궁금했다.

"너희 아버지야 그냥 허허 웃고 말았지."

그래서는 궁금증이 풀릴 도리가 없었다. 나 같으면 진작에 집을 나가고도 남았을 것 같은데 아버지는 어떻게 참았을까. 할아버지야말로 배우가 되겠다며 몸소 집을 뛰쳐나가 모범을 보이지 않았던가. 할아버지 때만 해도, 그러니까 할아버지가 그 아버지의 아들 노릇을 할 적만 해도 우리 집은 읍내에 떵떵거릴 만큼 형편이 괜찮은 집안이었다던데. 뭐 지금도 눈에 띄게 망하지는 않았지만 배우가 된답시고 아내를 두고 서울로 나돈 할아버지가 아니었다면 아버지를 비롯한 형제 모두가 대학을 나올 수도 있었을 텐데.

"단성사는 얼마나 영험한 절이길래 거기까지 가서 기도를 해야 배우가 되나 했다, 나는."

이것은 할머니 말씀이다. 단성사가 절이 아니라 극장 이름인 것은 나중에, 할머니가 돌아가신 후에야 아버지가 가르쳐 주었다. 생전에 할머니도 매표소와 영사실 지킴이 역할을 나누어 맡곤 했지만, 할머니는 영화라면 치를 떠는 분이었다. 할머니를 닮아서 그런가, 나도 영화를 아무리 봐도 그리 좋아지지 않았다. 앉아 있기 지루해 몸을 틀거나 하품을 찢어지게 해서 눈물이 맺힌 적은 있지만, 영화를 보면서 크게 웃거나 운 적은 한 번도 없었다.

주말에는 내가 매표소를 내내 지켰다. 토요일 조조부터 일요일 오후 프로까지. 티켓은 총 일곱 장이 나갔다. 일요일 오후 상영 직전에 회장이 찾아왔다.

"아버지 안 계셔?"

"논일하러 가셨죠."

회장네 논이 우리 논과 가까워 지금쯤 회장 아버지와 우리 부모님도 인사를 나누고 있을지 모른다는 것을 떠올리며 나는 대답했다.

"영상 잘 받았다고 인사드리러 왔는데."

"전해 드릴게요."

그러고 나서 회장은 또 잠깐 엉거주춤 서 있었다.

"영화 보시게요?"

"영화는 다음에."

다음 언제? 이달 말쯤이면 우리 극장은 닫고 없을 텐데. 시장으로 걸어가며 멀어지는 회장의 뒷모습은 작아지고 작아지면서도 오래오래 보였다. 매표소의 창이 워낙 투명해서 어쩔 수 없었다.

월요일 오후 사회 시간에 학생 주임 선생님이 채점 결과를 발표했다. 지난 학기 기말고사에는 사회 과목 반 평균이 옆 반과 5점이나 차이 났지만 이번에는 3점 차까지 줄였으니 특별히 봐준다고 했다. 봐주긴 뭘 봐줘. 그렇게 물러 가지고 애들이 위기의식을 퍽도 갖겠네요. 나는 속으로 생각했다.

수업이 끝나고 반 아이들은 축제에 올릴 반 대항 장기 자랑 회의를 한다고 했다. 나는 매표소를 지켜야 한다며 먼저 나왔다. 작년 축제 때 그랬듯 우리 부모님도 바쁜데? 나도 부모님 도와줘야 하는데? 누군 집에 일 없는 줄 알아? 하며 못 가게 막을 줄 알았는데, 아무도 나를 잡지 않았다. 극장을 닫는다는 소식이 사실로 드러나서였을까. 명진글방에서 만화책을 삼천 원어치 빌려 와 매표소 안에서 봤다.

우리가 사는 소읍은 정말이지 심심한 동네였고 말썽을 피우는 사람이라곤 언제나 매표소 앞을 포복으로 지나가는 백수 아저씨밖에 없었다. 나는 매표소를 지키기 시작한 이래 한 번도 아저씨를 불러 세운 적이 없지만, 극장을 닫는 것이 기정사실이 된 후로는 매일 찾아오는 아저씨가 차라리 반갑게 느껴졌다. 그럴 만큼이나 동네에도 극장에도 아무 일이 없었으니까.

극장을 닫은 후에는 어떻게 될까? 우선 건물과 땅을 처분해 얻는 이익은 아버지 형제들이 나누기로 했다. 타지에 사는 삼촌들은 그동안 극장을 돌봐 온 우리 가족이 많이 갖는 게 옳다는 방향으로 의견을 모았다. 어차피 형제가 셋이라 딱 떨어지게 나누기도 곤란했을 테지.

　우리 극장 자리에 새로 생길 무언가가 또 문제였다. 둘째 삼촌은 마트가 들어와야 한다고 했고 막내 삼촌은 주차 타워 같은 게 현실적이지 않겠냐고 했다. 아버지는 둘 중 어떤 의견에도 동의하지 않았다. 내 생각에도 말이 안 됐다. 시장이 있는데 마트는 뭐 하러. 아무 곳에나 차를 댈 수 있는 동네인데 유료 주차는 또 웬 말. 삼촌들은 이 동네를 떠난 지 오래되어 여기가 어떤 곳인지를 다 까먹고 만 게 아닐까.

　할머니 제사 때, 그러니까 지난 여름 방학 때, 아버지 형제들이 모처럼 다 모였을 때, 장수극장을 닫기로 결정했을 때. 나와 아버지는 한밤중에 둘이 극장에 갔다. 내 방을 삼촌 두 분에게 내드리고 안방에서 아버지 어머니랑 같이 자다가 더워서 깨어나 보니 아버지가 이미 마루에 있었다. 아버지는 낮에 먹은 백숙이 소화가 안 된다고 했다. 우리는 누가 먼저랄 것 없이 슬리퍼를 꿰어 신고 읍내로 나갔다. 어디로 가자고 말로 정하지도 않았는데 걸음을 멈추고 보니 장수극장 앞이었다. 매표소를 한 바퀴, 영사실을 한 바퀴, 마지막으로 상영관 안을 한 바퀴 돌았다. 상영관에는 잠깐 앉아 있기도 했다. 좌석에 앉아본 것은 그러고 보니 꽤 오랜만이었다. 상영관에서는 뭐라 말로 표현하기 어려운, 낡고 습한 냄새가 났고 푹푹 쪘다. 나는 가끔 에어컨 켜는 걸 깜빡했다는 사실을 떠올렸다. 그런데도 극장 단골들은 나에게 한마디도 하지 않았다는 사실도.

돌아오는 길에는 아주 이상한 기분이 들었다. 싫지는 않았지만 다시는 느끼고 싶지 않은 감정이었다. 그게 뭔지는 모르겠지만, 알게 되어도 입 밖에 내고 싶지 않지만, 아버지도 나와 같은 기분을 품고 있다는 사실을 나는 알았다. 왜인지 그건 알 수 있었다.

자고 일어나서는 아버지와 극장에 다녀온 밤이 꿈처럼 느껴졌다. 그야말로 찜통 같은 한낮의 매표소 안에서 손바닥만 한 선풍기 바람을 쐬며 나는 그 기분을 떨치려고 애썼다.

아무 일 없이 학교 축제 날이 다가왔다. 별일이라면 '그동안 장수극장을 사랑해 주셔서 감사합니다.'라는 문구와 폐업 일자가 박힌 포스터를 드디어 매표소와 상영관 입구에 붙였다는 것 정도. 그런다고 올 사람이 안 오고 안 오던 사람이 오는 일은 일어나지 않았고 시간은 느리지도 빠르지도 않게 잘 흘러갔다.

축제 날에는 부모님들도 학교에 왔다. 안 그래도 심심한 이 동네는 학교 축제마저 심심해서 하루 저녁이면 끝나는데, 그 구경이라도 놓치면 큰 손해가 될 테니까. 지금이야 전교생 200명이 못 되지만 옛날에는 600명, 800명씩 다닌 적도 있었기에 강당이 전교생 부모님을 수용하고도 남을 만큼 넓었다. 나는 반 대항 장기 자랑도 나가지 않고 개인 발표도 없는데 우리 부모님까지 학교에 왔다. 뭐 하러 오는 건지 궁금은 하지만 정말 그렇게 물을 만큼 싸가지가 없지는 못해서 그냥 부모님과 함께 앉아 축제가 시작되기를 기다렸다.

이윽고 회장과 부회장이 단상 위에 올라와 인사를 했다.

"첨호중학교 학생 여러분, 그리고 학부모 여러분. 안녕하십니까. 저희는 첨호제 사회를 맡은 회장 주해성,"

"부회장 배에스더입니다."

박수 소리가 낮아지기를 기다린 후에 회장이 이어서 말했다.

"이번 첨호제를 축하하고 기념하는 의미에서 특별한 시간으로 축제를 시작하려고 합니다."

우리 아버지도 몇 초인가 시간을 보탠 그 영상이 나오려는 모양이었다. 사회자들이 객석으로 이동하고 스크린이 윙 소리를 내며 내려와 축제 현수막을 가렸다. 불이 꺼지고 영상이 시작되기까지 잠깐 어색한 침묵이 있었다. 영상은 느닷없이 시작되었다. 어두운 화면 위에 자막이 떠올랐고, 그 자막을 읽는 듯한 회장의 목소리가 들렸다.

"우리는 작은 마을에 살고, 작은 학교에 다니다가, 작은 축제를 연다."

화면에 갑자기 나온 사람을 보고 모두 웃었다. 반갑기도 하고 뜬금없게 느껴지기도 해서였을 것이다. 첫 출연자는 읍내 태권도장 앞에서 포장마차를 하시는 아주머니였다. 가을부터 봄까지는 호두과자를 팔고 여름 한 철에만 아이스크림을 파는 분. 그 아주머니를 모르는 사람은 한 사람도 없었다.

"첨호제? 어유, 벌써 그럴 때가 됐어?"

영상 속 아주머니의 목소리는 백색 소음에 차 달리는 소리, 호두과자 기계 돌아가는 소리까지 섞여 자막이 없으면 이해하기 어려울 만큼 흐릿했다.

"축하하지, 너무 축하해. 우리 아들딸들!"

모두 환호하고 손뼉을 쳤다. 아주머니는 평소에도 우리 학교 학생들 모두를 아들딸이라고 불렀다. 그렇게 부르면 이름을 안 외워도 되니 편하겠네, 하고 나는 조금 꼬인 생각을 했지만. 이어서 나온 분은 명진글방 사장님. 누구나 알고 있듯 '명진'은 지금 고3인 사장님 맏딸의 이름이었다.

"우리 명진이 후배들! 아줌마는 여기로 시집와서 여러분을 만나서 너무 행복해요. 이번 축제도 재밌게 잘해!"

세탁소 사장님, 칼국숫집 이모, 시장 상회 아저씨, 안경점 아저씨, 교회 목사님까지 한 말씀씩을 보냈다. 인사말도 각양각색이었다. 첨호제 파이팅, 첨호중 짱, 첨호중학교의 무궁한 발전을 위하여! 모두 아는 얼굴이어서 처음엔 간지럽고 웃기기도 했지만 보다 보니 점점 그저 그렇게도 느껴졌는데 어쩐지 박수와 환호 소리는 줄지 않았다. 나는 곧 그 이유를 알게 됐다.

"첨호중학교 학생 여러분, 22회 졸업생 윤장수입니다. 장수극장 사장입니다."

아버지가 나온 순간 나도 모르게 큰 소리로 "윤장수 잘생겼다!"하고 외치고 말았다. 왼편에 앉아 있던 어머니가 내 어깨를 찰싹 치며 얘는 창피한 것도 모르나, 핀잔을 줬다. 영상은 아버지가 일곱 번째로 다시 녹화한 것이었다. 회장이 돌아다니며 찍었을 다른 영상과 달리 집 안이 배경이었고, 휴대폰 카메라에 담겼을 다른 사람들 것보다 훨씬 화질이 깨끗하고 음질도 좋았다. 일곱 번째 시도인데도 아버지는 땀을 뻘뻘 흘리며 긴장한 기색이 역력했고 말을 하고 있는 아버지보다도 배경에 자리한 가족사진에 더 눈길이 갔다.

"감사합니다."

아버지 영상엔 어째서인지 중간이 없었다. 분명 녹화할 때는 축제 개최를 축하한다는 메시지가 있었는데 편집본을 보니 아버지가 살짝 망설이다 수줍게 감사한다 말하는 부분만 남아 있었다. 그 이유도 곧 밝혀졌다.

"우리는 작은 마을에서 작은 축제를 준비하다가 우리 마을의 작은 극장이 곧 안녕을 고한다는 소식을 들었다."

회장의 목소리였다. 다음으로 나온 사람은 우리 학교에 지금 다니는 아이들과는 아무 상관도 없을 듯한 할아버지, 고려라사 고 사장님이었다.

"이게 내가 장수극장 윤 회장하고 어울려 다닐 적부터 쭉 모은 극장 티켓이야. 장수극장에서는 나한테 훈장이라도 줘야지 돼."

커다란 앨범을 한 장 한 장 넘기는 소리가 휴대폰 카메라 성능의 한계를 시험하듯 짝짝 울렸다. 박수 치거나 환호하는 사람은 하나도 없었다. 앨범을 꽉 채우고 있는 티켓을 보고는 나도 숨을 죽일 수밖에 없었다.

이어서 웬 어린애 사진이 등장했다. 세로 줄무늬 멜빵바지를 입고 극장 앞에서 대성통곡하는 어린애. 회장의 목소리가 흘러나왔다.

"이건 나다."

아이들은 폭소를 터뜨렸다.

"어릴 때 장수극장에서 인형극을 본 후 감격에 겨워 우는 모습이다. 원래 인형극 같은 건 영화관에서 보는 게 아니라는 사실을 친척들에게 듣고 나는 왠지 상처를 좀 받았다. 그때는 극장과 영화관이 따로인 도시에 사는 친척들이 부러웠다. 지금은 생각이 다르다. 도시에서는 금방 사라져 버릴 수도 있지만 우리 동네에선 조용히 오래 머무는 것들은 장수극장 덕임을 알기 때문이다."

앞서 인사를 했던 읍내 어른들이 다시 한번 나와서 앞다투어 우리 극장 이야기를 했다.

"나 시집올 적부터 있었어. 100년은 됐는 줄 알았지 뭐야. 내 딸 시집보낼 때까지 있을 줄 알았지."

"신세 많이 졌지요, 윤 회장님한테도 지금 계신 윤 사장님한테도."

"우리 동네 데이트 할 곳이 어디 있어, 우리 때는 다 장수극장에서 데이트했지. 짝사랑을 하더라도 괜히 극장 앞에서 그 사람 안 지나가나 기다리고."

"우리 아들이 장수극장에서 결혼했어."

마지막으로 다시 회장의 내레이션이 나왔다.

"어른이 되면 우리 모두 다른 길을 걷겠지만 우리가 이 마을에서 자란 기억은 잊을 수 없을 것이다. 우리는 장수극장을 잊지 않을 섯이다. 오늘의 축제도 잊을 수 없는 시간으로 만들고 싶다."

그제야 박수가 터져 나왔다. 이윽고 NG 퍼레이드랍시고 어른들이 실없는 실수를 하는 영상이 본편보다도 더 길게 이어졌고 모두 박장대소했다. 그것도 끝이 난 이후 마침내 조명이 돌아왔고, 회장과 부회장도 무대에 올라 뭔가 말하고 있었지만, 내게는 그것이 들리지 않았다. 어이가 없을 만큼 엉망. 촬영 엉망, 편집 엉망, 그것도 모자라 억지스러운 내레이션까지. 총체적으로 웃기지도 않는 영상이었는데 나는 어쩐지 울고 있었다. 나만 울고 있는 것 같았다.

나는 오른편에 앉은 아버지를 보았다. 얼굴은 아무렇지 않은 척해도 목울대가 위아래로 움직이고 있었다. 나는 아버지가 울음을 삼키고 있다고 생각했지만 말을 하고 있는 것이었다.

"이 영화를 우리 극장에서 틀자."

아버지는 그 엉성한 영상을 영화라고 불렀다. 아버지와 내가 같은 생각을 했다.

어째서 그 생각을 여태 하지 못했는지 이상할 만큼이나 당연하게 느껴졌다. 장수극장 마지막 영화의 주인공은 장수극장이 되어야 했다. 공동 주연으로는 장수극장이 자리 잡았던 작고 심심한 마을이 나와야 했다.

나는 그 영화에 들어갈 수 있을 다른 장면들을 생각했다. 아들 이름을 극장에 붙인 초대 소유주에 대해서, 교복을 입던 시절부터 몰래 극장에 드나들던 백수 아저씨에 대해서. 그리고 꼭 나만 할 때부터 이 극장과 함께해 온 장수극장의 분신, 나의 아버지 윤장수 씨에 대해서.

"아버지가 드디어 배우가 되겠구나."

아버지가 말했다. 아버지는 할아버지 윤준영 씨를 떠올리며 그렇게 말했겠지만, 나는 나의 장수극장 그 자체인 윤장수 씨를 향해 끄덕였다.

첫 책을 내고 고향에 갔다. 모교에서 작가의 꿈을 품은 후배들을 응원해 달라고 했기 때문이다. 중학생이라면 꿈이 얼마든 바뀔 수 있는 때니까, 그보다는 그 작은 도시를 먼저 경유한 사람으로서 할 만한 이야기를 준비해 갔다. 그런데 내가 "철원에는 영화관도 없고,"라고 운을 떼자마자 학생들이 입을 모아 "있어요!"라고 외쳤다. 바로 태세를 바꾸어 "좋겠다, 나 때는 없었는데."라고 했고 학생들은 웃었다. 그들의 작은 자부를 (자부까지는 아니더라도, 작은 '당연'을) 잘 모르고 무시해 버릴 뻔했다는 것이 지금까지도 조금은 부끄럽다.

요즈음 내 고향처럼 작은 도시들마다 속속, 작은 영화관이 열리는 모양이다. 지난 명절 어머니를 만나러 갔더니 거기에도 동네 이름을 딴 귀여운 영화관이 새로 하나 생겨 있었다. 사람들의 욕심과 시간의 흐름이 소중한 공간들을 지도에서 지워 버리기도 하지만, 비슷한 작용으로 새로이 열리는 가능성들도 있는 모양이다.

극장이 없거나 사라질 위기에 처한 작은 도시에서 자라는 청소년들을 떠올리며,

박서련

# 사라진 사람

정
은

정
은

2018년『산책을 듣는 시간』으로
제16회 사계절문학상을 수상하며 작품 활동을
시작했다. 에세이『커피와 담배』를 썼고,
소설집『앙상블』『장래 희망은 함박눈』
『바깥은 준비됐어』등에 작품을 발표했다.

극장 스크린 속으로 사라지는 사람을 본 건 이번이 두 번째였다. 처음 목격했을 때는 졸다가 꿈을 꿨다고 생각했다. 하지만 두 번째는 달랐다. 나는 1초도 졸지 않고 영화에 완전히 몰입해 있었기 때문에 그 사람이 달려와서 스크린 속으로 뛰어드는 것을, 그리고 나서 흔적 없이 사라지는 것을 정확히 목격했다. 우리 학교 교복을 입은 것까지 똑똑히 봤다. 상영되던 장면까지 기억한다. 그때 스크린에는 극장 안의 관객석 장면이 상영되고 있었다. 마치 거울처럼 스크린을 가운데 두고 현실과 영화 속 관객석이 마주 보는 셈이었다. 현실의 극장은 텅 비어 있었지만 스크린 속 극장은 만석이었다. 그 사람이 스크린 속 관객석 맨 앞줄로 뛰어 들어간 다음, 바로 다른 장면으로 화면이 전환되었다. 아무 일도 없었다는 듯이. 나는 방금 목격한 장면의 또 다른 증인을 찾기 위해 주위를 둘러보았다. 나

말고 관객 한 명이 더 있었는데, 그 사람은 잠들어 있었다. 나는 두 손으로 뺨을 감싸고 내 얼굴에서 느껴지는 감촉을 확인했다. 감각이 생생했다. 내 손의 차가운 온도도 느껴졌다. 꿈이 아니었다. 눈을 크게 뜨고 영화에 집중하려고 했지만 당연하게도 집중을 할 수가 없었다. 나는 스크린 뒤에 공간이 있는지, 그러니까 스크린이 뚫려 있는지 미친 듯이 궁금했다. 나를 제외한 유일한 관객은 여전히 잠든 채였다. 가능한 한 조심스럽게 소리를 덜 내려고 노력하며 앞으로 걸어갔다. 커다란 내 그림자가 스크린으로 다가갔다. 스크린에 가까워질수록 그림자는 짙어지면서 점점 나와 비슷해졌다. 나는 내 그림자 앞에 서서 스크린에 손을 대 보았다. 손을 넣으면 쑥 들어갈지도 모른다고 생각했지만 딱딱한 벽일 뿐이었다.

"지금 뭐 하시는 거예요? 영화 상영 중이잖아요. 뭐 하시는 거냐고요?"

나는 화들짝 놀라서 뒤를 돌아보았다. 잠들어 있던 사람이 어느새 깨서 나한테 소리치고 있었다. 나는 당황해서 재빨리 스크린에서 멀어져 관객석 앞줄에 앉았다. 어차피 자느라고 영화 내용도 모를 거면서 스크린 좀 가린다고 화를 낸 사람이 원망스러운 마음도 조금 들었지만 혹시 그 사람이 극장에 항의라도 하면 낭패이기 때문에 일단 여기서 나가야겠다고 생각했다. 블랙리스트에 오르면 곤란했다. 이 영화는 청소년 관람불가 등급이고, 나는 수업에 빠지고 극장에 와 있으니까. 몸을 최대한 낮춰서 거의 기다시피 내 자리로 가서 가방을 들고 상영관을 나왔다. 화장실로 가서 교복으로 갈아입고 황급히 학교로 갔다.

학교에 도착하니 때마침 점심시간이어서 바로 급식을 먹었다. 지각했지만 아무도 신경 쓰지 않는다. 물론 처음부터 그러지는 않았다. 새 학기에 거쳐야 할 절차가 있다. 선생님들은 나를 몇 번 혼내다가 결국 엄마를 부른다. 엄마가 왔다 가면 다 해결된다. 그다음부턴 나한테 신경을 쓰지 않는다. 지각을 해도 결석을 해도 그냥 내버려 둔다. 비결이 뭔지 엄마한테 물어봤지만 엄마는 매번 대충 얼버무렸다.

"그냥 뭐, 애는 졸업하면 우리 건물 몇 채 관리하며 바쁘게 지낼 애니까 내버려 두라고 했지. 대학은 안 갈 거니까."

"대학은 안 간다는 게 틀린 말은 아닌데, 우리 집에 건물이 어디 있어. 그런 뻥을 누가 믿어."

"선생들은 다 믿어. 선생이 안 믿어 주면 누가 우릴 믿어 주니?"

엄마 말이 사실인지 아닌지는 모르겠지만, 신기하게도 엄마가 학교에 한번 왔다 간 이후로는 아무도 내게 신경을 쓰지 않아서 나는 종종 오전 수업에 빠지고 영화를 보러 다닌다. 간혹 조퇴하고 오후 영화를 보러 갈 때도 있지만, 아무래도 영화는 조조 영화가 좋다. 특히 예술 영화 극장에서 틀어 주는 옛날 영화들이 좋다. 극장 안에 사람이 없어서 더 좋다. 사람들은 내가 영화과에 진학해서 영화감독이 될 거라고 생각하지만, 내 장래 희망은 극장에서 매일 조조 영화를 보는 사람이 되는 거고 이미 장래 희망을 이루었다. 그런데 뭘 더 바라? 나는 더 이상 바라는 것이 없다.

영화를 보고 오면 보통 하루 종일 그날 본 영화에 대해서 생각하는데 오늘은 스크린 속으로 사라진 사람이 머릿속을 가득 채웠다. 스크린 속으로 뛰어든 사람은 도대체 누구였고, 왜 뛰어들었고, 어떻게 사라진 것일까? 오후 내내 궁금했고 수업이 다 끝나도록 머리가 복잡해서 몸이 움직여지지 않았다. 나는 아이들이 교실 밖으로 나가는 모습을 멍하게 바라보며 계속 자리에 앉아 있었다. 만약 내가 영화 속 주인공이라면, 그 주인공은 이럴 때 어떻게 행동할까? 그렇게 생각했더니 발길이 저절로 도서실로 향했다. 도서 대출 데스크에는 사서 선생님 대신 허민희가 앉아 있었다. 민희는 우리 학교에서 책을 가장 많이 읽은 아이다. 퀴즈 쇼 프로그램에서 1등 하고 연말 결산 왕중왕전까지 나갔었다. 민희라면 알지도 모른다는 기대가 들어서 나는 민희 쪽으로 다가갔다.

"너한테 물어보고 싶은 게 있는데."

"곧 끝나니까 5분만 밖에서 기다릴래? 내가 나갈게."

밖에서 기다리는 5분이 정말 길게 느껴졌다. 이런 질문을 하면 나를 얼마나 우습게 여길까 걱정되었다. 민희가 나오기 전에 이대로 집에 가 버리고 싶다는 생각이 들어서 도망가지 못하게 내가 내 발을 하나씩 밟고 있었다. 왼발이 오른발을 슬쩍 밟고, 오른발이 왼발을 슬쩍 밟고, 교대로 왔다 갔다 발을 살며시 밟아 보는데 가방을 메고 나온 민희가 그런 나를 보고 크게 웃었다. 민희는 앞장서서 걸으면서 경쾌한 목소리로 말했다.

"물어보고 싶은 게 뭔데?"

"그 전에, 이런 질문을 하는 나를 비웃지 않겠다고 약속해 줄래?"

"야, 도서관에 책 많은 거 봤지? 그 책들 결국 다 같은 얘기 하는 거야. 이런 질문을 하는 날 비웃지 않겠다고 약속해 줄래, 이거. 다 이 얘기 하는 거라고. 그래서 사람들이 그 많은 책을 쓴 거야."

"나도 지금 그래. 너무 궁금해서 책 한 권이라도 쓸 수 있을 것 같은데 아무한테도 못 물어보겠어."

"걱정 말고 질문해도 된다고."

"내가 오늘 조조 영화를 봤는데."

"혼자? 수업 빠지고?"

"지금 그게 중요한 게 아니고. 영화를 보는데 갑자기 어떤 사람이 스크린 속으로 뛰어들었어. 그리고 사라졌어."

"그래서?"

"'그래서'가 아니지. 영화 본 얘기 하는 게 아니라 내가 실제로 본 장면을 얘기하는 거야. 극장에서 갑자기 어떤 사람이 그 스크린 속으로 뛰어들어서 사라졌다고."

민희는 아무 말도 하지 않았다. 나는 이어서 설명했다.

"장면도 기억해. 화면에 극장 관객석 장면이 나왔거든. 그 사람 옷도 기억해. 우리 학교 교복 입고 있었어. 심지어 이번이 두 번째 목격이야."

"응."

"졸고 있지도 않았거든? 내가 스크린도 확인해 봤어. 딱딱한 벽이더라고. 내 말 무슨 뜻인지 알지?"

"응."

"근데 그게 말이 되냐?"

"음."

민희는 다시 아무 말도 하지 않고 골똘히 생각에 잠겨 걸었다. 우리는 운동장을 가로질러 교문을 지나 버스 정류장으로 향했다. 한참 뒤에 민희가 입을 열었다.

"세계 최초의 영화는 1895년에 상영된 뤼미에르 형제의 「열차의 도착」이라는 영화래. 그때 기차가 달려오는 장면에서 영화 보던 사람들이 다 놀라서 뛰쳐나갔대."

"영화를 태어나서 처음 보면 그럴 수도 있지. 아니 근데, 지금 내가 19세기 사람처럼 현실과 영화를 구분 못 한다고 생각하는 거야?"

"아니, 그게 아니라. 그 사람들이 화면 속 기차를 보고 놀라서 뛰쳐나갔다면 그 기차는 화면 속에서 나온 거나 다름없지. 그렇게 느꼈다면 현실인 거지. 그럴 땐 가상이 곧 현실이니까.

그 사람들한테는 그 기차가 실제였던 거야. 나는 네가 진짜로 봤다는 걸 믿어. 네가 그렇게 믿는다면 그게 실제 현실인 거야. 네가 무엇을 봤는지가 중요한 게 아니라 네가 무엇을 믿는지가 중요한 거야."

"내가 믿어서 현실인 게 아니라 진짜로 봤고, 진짜 현실이었다니까."

"응. 나도 그렇게 생각해. 지호야, 네 말을 믿어."

"거짓말. 난 내 말을 믿는다는 네 말을 못 믿겠어."

나는 민희가 내가 본 것을 안 믿으면서 믿어 주는 척한다고 생각했고 괜히 화가 났다. 민희는 침착하게 말했다.

"우리 엄마가 해 준 얘기가 있는데, 너한테만 말해 줄게."

"비밀이야?"

"비밀은 아니지만, 나는 이 이야기를 믿거든. 이 이야기를 해 주면 내가 네 말을 믿는다는 걸 네가 믿어 줄 것 같아서."

"뭔데?"

"우리 엄마는 대형 서점에서 일하는데 너랑 비슷한 얘길 한 적이 있어. 사람들이 종종 책 속으로 사라진대. 사람들이 잘 보지 않는 크고 무거운 책들이 있는 쪽 서가에 알짱거리는 사람을 분명히 봤는데 잠시 뒤에 보면 사라져 있다는 거야. 그게 한두 번이 아니래."

"나처럼 스크린 속으로 들어가는 모습을 직접 본 건 아니잖아?"

"그런 건 아니지. 그런데 엄마 말로는 그렇게 사라지는 사람들은 사라지기 전에 미리 알 수가 있대. 발이 땅에서 떠 있는 것처럼, 세상을 서성이는 것처럼 보이는 사람들이 있대. 그런 사람들이 책장 근처에 나타나면 사라지러 왔구나, 직감하게 되고 잠시 뒤에 보면 정말로 사라져 있다는 거야."

"책장 뒤나 바닥 아래에 비밀의 문 같은 게 있는 건 아닐까?"

"그렇게 믿는 게 나을 수도 있겠다. 책 속으로 들어갔다고 믿는 것보단."

"그 서점에 지하 군사 비밀 기지 같은 통로가 있는 거야. 아무도 열어 보지 않는 크고 무거운 책들을 꺼내면 책장 중간에 통로가 나오는 거지."

"9와 3/4 서가에?"

민희의 말에 나는 갑자기 마음이 편안해져서 웃었다. 민희가 따라서 미소 짓다가 정색하며 말했다.

"궁금하긴 하지만, 그래도 직접 확인해 보지는 마. 너도 사라지면 안 되잖아."

"나 같은 거 사라져도 이 학교에서는 아무도 모를걸."

"내가 알잖아. 너 내 자리가 네 뒷자리인 건 알고 있니? 우리 집 가는 버스 왔다. 갈게. 안녕."

민희가 가 버리고 나니 마음이 허전해졌다. 우리는 그렇게 친한 사이도 아닌데. 문득 사라진 사람이 우리 학교 교복을 입고 있었다는 게 떠올랐다. 그렇다면 학교의 누군가가 사라진 것일 텐데 왜 이렇게 조용할까? 왜 아무도 그 사람을 찾지 않을까? 만약 내가 그 사람처럼 갑자기 사라지면 누가 나를 찾을까 불쑥 궁금해졌다. 오늘도 점심시간에 등교했지만 아무도 내가 늦게 온 사실을 모르고 신경도 안 쓰는 것 같았다. 이 학교에서 나의 존재감은 0이었다. 가능한 한 존재감이 없길 바라고 그렇게 행동한 건 나였지만 왜 그런지는 몰라도 갑자기 마음이 쓸쓸해져서 정류장에 한참을 서 있었다. 집에 가는 버스를 3대쯤 보냈다. 나는 집에 가는 버스 말고 민희 어머니가 일하신다는 대형 서점으로 가는 버스를 탔다.

서점은 무척 넓었고 사람이 많고 다들 책을 열심히 읽고 있었다. 제각기 다른 공간에 들어선 듯 보였다. 민희 어머니가 보셨다는 서성거리는 사람들이 내 눈에는 보이지 않았다. 모두 발이 바닥에 딱 붙어 있었고, 다들 자기가 있을 자리를 잘 아는 사람들처럼 보였다. 나는 아무도 안 열어 볼 것 같은 오래되고 큰 책들이 있는 서가에 가 보았다. 그쪽은 사람도 없고 한산했다. 무거워 보이는 책 몇 권을 꺼내서 보았지만 그 뒤나 아래에 통로나 문이 있어 보이지는 않았다. 서점 직원이 나를 주시하는 게 느껴졌다. 이런 책을 훔쳐 가는 책 도둑은 없을 텐데? 혹시…… 내 눈에는 서성거리는 사람이 아무도 안 보이는데, 내가 바로 그 서성거리는 사람처럼 보이면 어쩌지? 나는 책 속으로 빨려 들어가 사라진 사람이 될까 봐 황급히 책을 다시 책장에 꽂았다. 그리고 서점을 빠져나왔다.

오늘은 엄마가 일찍 퇴근해서 같이 저녁을 먹을 수 있었다. 극장에서 본 장면에 대해 누구에게라도 말하고 싶어서 입이 근질근질했지만, 엄마는 예외였다. 평소에는 엄마한테 무엇이든 말하고 의논할 수 있지만, 사라진 사람이라는 화제만은 피하고 싶다. 우리가 실종자 가족이기 때문에. 내가 초등학교 2학년 때 아빠가 실종되었다. 엄마 말로는 분명히 출근한다고 집을 나섰고 엘리베이터에도 탔다. 1층에서 내리는 장면이 엘리베이터 내부 CCTV에 고스란히 찍혔다. 그런데 아파트 현관으로 나오는 장면은 없었다. 아파트 CCTV 그 어디에도 아빠가 없었다. 아빠는 출근하지 않았고 출근 가방과 함께 그대로 증발하듯 사라졌다. 차는 주차장에 그대로 있었다. 신용 카드도 사용하지 않았고 휴대폰도 쓰지 않았고 공항에도 나타나지 않았고 대한민국 그 어디에도 흔적이 없었다. 외계인한테 납치된 게 아니라면 어떻게 그게 가능한지 모르겠다. 엄마는 실종신고를 하고 나서 바로 강도 높은 조사를 받았다고 한다. 많은 사람들이 엄마를 의심하고 여러 질문을 했을 것이다. 그 당시 엄마는 아주 침착하고 평온해 보였기 때문에 더욱 더 의심을 받았다고 한다. 나는 그때 할머니 댁에 가 있었던 터라 어떤 일이 있었는지는 자세히 모른다. 한 달 후에 집으로 돌아오자마자 이사를 했고, 엄마는 연락처를 바꾸고 모든 사람들과 연락을 끊었다. 두 달 만에 등교했을 때는 조금 괴로웠다. 다들 너무나 친절하게 대해 주었기 때문이다. 나한테 아빠에 대해서 묻는 아이는 아무도 없었다. 하지만 사라진 아빠는 나의 정체성 그 자체가 되었다. 그 전까지는 있는지 없는지도 모르는 존재감 0인 아이였는데 갑자기 아빠가 사라진 아이가 되어서 나를 둘러싼 모든 대화들이 그 정체성 주변을 맴도는 것 같았다. 나한테 직접 그 얘길 꺼내는 사람은 없었지만 마치 '아빠가 사라진 아이'라는 글자가 내 머리 위에 항상 떠다니는 듯했다. 선생님들도 나를 조심스러워 하고 아무도 야단치지 않았다. 다들 지나치게 배려해서 초등학교를 다니는 내내 지옥 같았다. 중학교에 들어가자마자 다시 이사를 하고 전학을 가서 드디어 존재감 없는 모습으로 돌아왔다. 나는 '존재감 없는 애'라는 정체성을 되찾았다. 엄마도 나와 비슷한 일을 겪었을 텐데 엄마는 한결같이 평온했다. 행복해 보이기도 했다. 나는 어릴 때 일들이 잘 기억나지 않아서 아빠를 잊기가 그리 어렵지는 않았는데 엄마는 어떻게 그럴 수 있는지 모르겠다. 그렇다고 엄마와 그 주제로 대화를 나누고 싶지는 않다. 우리는 몇 가지 주제를 공유하지 않은 상태로, 그 밖의 많은 생각들을 공유하며 그럭저럭 잘 지내 왔고 앞으로도 잘 지낼 것이다.

다음 날 같은 극장, 같은 상영관에서 조조 영화를 또 보았다. 전날하고는 다른 영화였다. 시작하기 전에 극장 안의 사람 수를 셌다. 총 세 명이 있었고 아무도 스크린으로 뛰어들지 않았고 아무도 사라지지 않았다. 아무도 사라지지 않아서 실망감을 느끼는 나 자신이 이상하다는 생각이 들었다. 티켓 창구로 가서 직원한테 물어볼까 싶기도 했지만 사라진 사람 이야기를 정확히 하려면 우리 학교 교복 얘기도 해야 하고 그러면 내가 고등학생인 것도 들킬지 몰라서 그만두었다. 앞으로 봐야 할 청소년 관람 불가 영화가 많다. 들키면 안 된다. 상영이 끝나고 로비 의자에 앉아 있는데 청소 직원이 대걸레를 밀며 내 쪽으로 다가왔다. 내 앞 바닥을 닦으며 반갑게 아는 척을 했다.

"학생, 학교 또 빠졌네?"

"제가 고등학생인 줄 어떻게 아셨어요? 교복도 안 입었는데?"

청소부는 씩 웃으며 내 말에 대답도 안 하고 대걸레를 쭉쭉 밀며 앞으로 지나쳐 갔다. 하긴 이렇게 손님이 적은 극장에 늘 오는 사람이면 기억할 수밖에 없겠지. 문득 극장을 청소하는 분이라면 여기에 대해서 무엇이든지 알고 있을지 모른다는 생각이 들었다.

"저기…… 극장을 청소하시면 보고 듣는 게 많으실 테니까 여기에서 일어나는 일은 뭐든지 알고 계시겠죠?"

"다는 아니지만 그래도 꽤 많이 알고 있지."

"혹시 극장 안에서 사라진 사람에 대해서 알고 계세요? 제가 두 번 목격했거든요. 스크린으로 뛰어들었는데 그대로 사라지는 걸 똑똑히 봤어요. 진짜로, 농담 아니고."

나는 최대한 심각한 목소리로 말했다. 장난치는 걸로 비치고 싶지 않았다. 나는 정말 진지했다.

"학생, 극장 안에서 사라지는 건 참 많아. 사람들은 극장에서 별걸 다 잃어버려. 휴대폰, 지갑, 귀걸이, 선글라스…… 사람도 종종 사라지고. 대개 애인을 많이 잃어버리지. 내가 장담하는데, 100프로 화나서 먼저 가 버린 거야. 학생도 잘 생각해 봐. 그 친구한테 무엇을 잘못했는지. 분명히 잘못한 게 있을 거야. 말실수라든가."

"제 친구가 아니에요. 모르는 사람이에요."

"모르는 사람이 영화를 보다가 중간에 사라졌는데 왜 걱정하지? 뭔가 급한 일이 있었겠지."

"그러게요."

나는 할 말을 잃어 머쓱하게 서 있었다. 청소 직원은 흥겹게 남은 바닥을 쭉쭉 밀더니 인사하듯 나를 쓱 한번 돌아보고는 떠났다. 화장실에 가려고 복도를 돌다가 이 건물이 구조가 복잡하다는 데 생각이 미쳤다. 화장실로 가려면 코너를 몇 번이나 돌고 계단도 올라야 했다. 건물 세 동을 합쳐서 극장으로 개조하다 보니 그런 구조가 되었다는 이야기를 읽은 적이 있다. 문득 이 미로 같은 극장 건물을 조사해 보고 싶어졌다. 나는 상영관 스크린 벽 뒤쪽 복도를 따라 쭉 걸어갔다. 끝에 작은 엘리베이터가 있었다. '필름 운반 전용'이라는 팻말이 붙어 있었다. 엘리베이터가 열려서 무심결에 탔다. 먼저 타고 있던 사람은 짐이 많아 보였다. 지하 1층에서 다시 문이 열렸다. 그 사람은 짐을 한 번에 못 옮기고 엘리베이터 앞에 나눠서 내려 놓았다. 나는 그 사람이 남겨 놓은 짐을 번쩍 들고 앞장섰다.

"짐이 많으시네요. 제가 옮겨 드릴게요. 한 번에 가세요."

"아이고, 고맙습니다. 제가 수레를 깜박 잊고 안 가져와서요. 무거운데 괜찮겠어요?"

"생각보다 안 무거워요."

"필름 보관 창고로 가는 거예요. 그런데, 여기는 일반인 출입 금지 구역인데. 영화 끝나고 화장실 가려다가 길 잃어버린 거 맞죠?"

"그랬나 봐요."

"여기 자주 오죠? 뒤통수가 익숙해요."

"극장 직원들은 자주 오는 관객들 뒤통수를 다 기억하나요?"

"농담이에요. 관객들 뒤통수를 다 기억할 리가요. 몇 명은 기억합니다."

"그럼요, 물어보고 싶은 게 있는데 상영 중에 관객이 스크린 속으로 사라지거나 그런 일은 없겠죠?"

"상영 중에 나가는 관객은 워낙 많아요. 사실 저는 영사 일이 직업이기도 하지만 영화를 좋아하는 시네필이기도 해서 그런지, 영화 상영이 끝나면 모두 다른 사람이 되어 나간다고 생각하지만요."

"한 영화가 사람 인생을 바꿔 놓을 리가 없잖아요."

"영화는 사람 인생을 바꿔 놓기도 해요. 잠깐만요. 이거 먼저 내려놓고."

우리는 필름을 창고에 내려놓았다. 영사실 직원이 필름을 정리하는 동안 창고 앞 의자에 앉아 있었다. 잠시 후에 직원은 통 하나를 가지고 나왔다.

"이게 제 인생을 바꾼 필름이에요. 필름 영화는 필름을 잘라서 붙일 수가 있거든요. 이렇게 테이프로 붙여요. 그래서 중간에 몇 프레임을 끼워 넣어서 임의로 편집할 수가 있어요. 물론 상영하는 영화에 그런 짓을 하면 안 되지만 가끔은 자기 인생을 영화로 만들고 싶을 때가 있잖아요?"

직원은 뒷주머니에서 지갑을 꺼내 그 안에 접힌 종이를 펼쳤다. 종이를 펼치니까 필름 조각 몇 개가 나왔다. 그가 그걸 들어서 형광등에 비추어 본 뒤에 나한테도 건네주었다. 나도 조심스럽게 가장자리를 잡고 직원을 따라서 형광등에 비춰 보았다. '사랑해.'라고 손으로 쓴 글씨를 찍은 필름이었다.

"우리 아버지도 영사 기사였어요. 어머니랑 사귀던 시절 어머니가 영화를 보러올 때마다 상영될 필름에 이 조각들을 미리 붙여 놓았대요."

"그러면 다른 관객들도 보게 되잖아요."

"필름은 굉장히 짧은 시간에 지나가기 때문에 보통 사람들은 자신이 이 장면을 봤다는 걸 모를 거예요. 하지만 무의식엔 남아 있겠죠. 의도치 않게 '사랑해.'라는 단어에 노출된 건 미안하지만 하여간에 그 '사랑해.' 덕분에 제가 태어났죠. 나중에 아버지가 손 글씨로 편지를 써서 프러포즈를 했는데 어머니가 '사랑해.'라는 이 글씨를 전생부터 보아 온 것 같다면서 결혼을 바로 승낙했어요."

"마법 같은 얘기네요."

"결혼이 꼭 이 필름 덕분은 아니겠지만 저한테는 이 이야기가 소중해서 부적처럼 늘 가지고 다녀요. 극장에서 영화를 본다는 건 생각보다 엄청난 일이에요. 그때 우리의 몸은 내가 모르는 것까지 다 보고 있어요. 그리고 믿기만 한다면, 인생 자체가 마법 같은 일로 가득 차 있죠. 세상엔 생각지도 못한 일들이 제법 일어나요."

"그런데, 왜 이런 얘길 갑자기 저한테 해 주세요?"

"영화감독이 될 사람 같아서? 매일 아침 등교하는 대신 극장에 와서 영화를 보는 청소년한테는 이런 얘기가 필요할 듯해서요."

"저를 아시나요? 제가 학생인 줄 어떻게 알았어요?"

"뒤통수를 보면 다 알아요,는 아니고. 여기는 관객이 별로 없는 극장이고 학생은 거의 매일 오잖아요."

"다들 알고 있었구나. 근데 저 영화감독 지망생 아니에요. 제 장래 희망은 매일 조조 영화 보는 사람이에요. 그리고 학생인 줄 알면서 왜 신분증 검사도 안 하고 청소년 관람 불가 영화 표 내줬어요?"

영사실 직원은 대답 없이 빙그레 웃었다.

"그러면, 스크린 속으로 뛰어들어서 사라진 사람에 대해서도 잘 알겠네요?"

"무슨 얘기인지 모르겠지만, 극장에서는 무슨 일이든지 일어날 수 있죠. 그 어떤 마법이라도."

갑자기 마음이 답답해졌다. 다들 뭔가를 숨기고 있는 것 같았다. 나는 학교에 가야 한다고 인사하고 자리를 떠났다. 엘리베이터를 타고 3층으로 올라가면 바로 상영관이 나올 줄 알았는데 아까와는 다른 복도가 나왔고 미로처럼 또 다른 복도가 이어졌다. 복도 끝에서 문을 열고 나가자 곧장 밖이었다. 극장 출입구와 멀리 떨어진 곳이었다. 꿈속을 헤매는 심정이었다. 학교에 갈 기분이 아니었지만 딱히 갈 곳도, 가고 싶은 곳도 없어서 학교로 향했다.

교실에 도착하자마자 책상 위에 엎드려 누웠다. 학교에 오자마자 극장에 또 가고 싶어졌다. 영사실에 취직하면 맨날 영화만 보고 살 수 있겠지? 영사실 직원이 되려면 대학을 졸업해야 하나? 다시 가서 물어봐야겠다고 생각했다. 민희가 다가와 내 책상 옆에 쭈그려 앉아서 나와 눈높이를 맞췄다.

"그래도 매일 학교에 안 빠지고 나오는 게 신기하다."

"민희야, 영사실 직원이 되려면 대학에 가야 할까?"

"영사 기사 자격증 같은 걸 따야 하지 않을까? 너 드디어 되고 싶은 게 생긴 거야?"

"아니야. 취소 취소. 아무것도 되지 않을래. 영사실에서 일하면 다른 극장에서 하는 영화는 못 보러 가잖아."

"넌 영화보다 극장을 더 사랑하는구나."

"아마도. 오늘 만난 영사실 직원이 그러는데, 극장에서 영화를 보고 나오면 다른 사람이 된대."

"영화는 집에서 노트북으로도 볼 수 있잖아. 극장에서 보면 뭐가 다르나?"

"극장에선 마법 같은 일들이 일어나니까?"

"뭐, 그럴 수도. 오늘도 극장에서 사라진 사람이 있어?"

나는 고개를 가로 저었다.

"지호야, 나한텐 네가 학교에 나오는 게 마법 같아."

"학교 안 빠질게. 일찍 오지는 못 해도."

"학교 늦는다고 뭐라고 하는 건 아니고."

"그럼 다른 뜻이 있어?"

"다른 뜻은 없어. 그냥 그렇다고. 그냥 네가 학교에 나오는 게 마법 같다고. 문장 그대로."

민희의 말이 무슨 뜻인지 몰라서 아리송했지만 어쨌든 민희는 언제나 내 말을 비웃지 않았다. 그게 고마웠다. 민희에게는 무슨 얘기든 다 할 수 있을 것 같았다. 민희한테 아빠 얘기도 하고 싶지만 그래서 내가 사라진 사람에 집착하는 거라고 생각할까 봐 주저하게 된다. 민희한테 얘기하기 전에 엄마랑 먼저 얘기를 해 봐야겠다는 생각이 들었다.

저녁 시간에, 요즘 내가 고민이 많아 보인다는 엄마의 말에 나는 자연스럽게 극장에서 목격한 장면에 대한 이야기를 꺼낼 수 있었다. 민희가 해 준 얘기랑 영사실 직원이 해 준 얘기도 다 털어놓았다. 엄마는 늘 그렇듯이 담담하게 들었다. 항상 '그럴 수도 있지.'라는 태도로 무슨 얘기든 평온하게 받아들이는 엄마가 때로는 무섭게 느껴질 때도 있었다.

"엄마, 나한테는 이게 놀라운 일인데 엄마는 너무나 당연한 듯이 평온하게 받아들이는 것 같아."

"극장에서는 마법 같은 일이 일어날 수 있다니까 그럴 수도 있겠구나 하는 거지. 현실에서도 그런 일들이 일어나니까."

"아빠가 사라진 이후로 엄마한테는 놀랄 만한 일이 없는 거야?"

말을 꺼내고 실수했다 싶었다. 내가 너무 심한 소리를 한 것 같았다. 한결같이 평온한 엄마에 대한 미세한 분노가 나도 모르게 내 안에 쌓여 왔는지도 모르겠다.

"그러잖아도 너하고 그 이야기를 나눠야겠다고 생각했었어. 나도 내가 인생을 너무 회피하고 있는 게 아닐까 했었는데 그건 아닌 것 같아. 단지 모든 것을 편하게 받아들일 수 있게 되었을 뿐이야."

"어떻게 그래? 엄마는 갑자기 사라진 아빠한테 화가 안 나? 편지 한 장 안 써 놓고 사라졌는데?"

나는 나도 모르게 점점 공격적으로 변했다. 그렇지만 엄마의 평온은 전혀 흐트러지지 않았다.

"이 얘긴 경찰서에서도 시댁에서도 여러 번 했는데 아무도 내 말을 안 믿어 주더라고. 아빠는 작별 인사를 했어. 편지나 말로 남기지는 않았지만."

"아무것도 못 찾았다는데?"

"오래 같이 산 사람들은 공간으로 대화를 하거든. 물건의 위치가 평소와 조금 달라도 거기에 다 뜻이 있고 그 자체로 말이고 대화인 거야. 아빠가 평소처럼 출근한 뒤에 집 안을 둘러보는데 집이 전날과 다르다는 걸 알았어. 여기저기 작별 인사의 표식이 있었어. 그 미세함은 우리 둘만 알 수 있는 거야. 이 얘길 아무도 믿어 주지 않더라고. 다른 사람들한테 설명할 길이 없었지만 아빠는 나름의 방식으로 인생을 정리했고 충분히 작별 인사를 남겼어."

"인생을 왜 정리했어? 그럴 이유가 있었어? 엄마랑 사이가 좋았고 행복했다고 들었는데."

"행복했지. 너무나 행복했어. 더 이상 바랄 것이 없다고 생각할 정도로 완벽했어. 더 살 필요가 없다는 생각이 들 정도로 완전했어. 그냥 이대로 둘이 이렇게 사라져도 좋겠다는 생각이 들 정도로."

"그게 갑자기 사라질 이유가 되는 건 아니잖아."

"내 인생에 네 아빠는 갑자기 나타났는걸. 처음 보는 순간부터 사랑했고, 둘이 잘 살았고, 네가 태어났고, 행복을 함께 누리다가 갑자기 사라졌어. 갑자기 나타난 것처럼 갑자기 사라진 거야. 흔적 없이 사라지는 게 아빠가 택한 방식이라면 존중해야지."

"그런데, 사람이 흔적 없이 사라지는 게 가능해? 엄마는 사람이 흔적 없이 사라질 수 있다고 계속 믿어 온 거야?"

"네가 조금 전에 극장 안에서 스크린 속으로 뛰어들어 사라진 사람을 봤다고 했잖아. 극장은 무슨 일이든 일어날 수 있는 마법 같은 공간이라고. 나는 네 아빠가 내 삶 속에 갑자기 시작된 마법 같은 일이라고 생각했었어. 언제 갑자기 사라져도 놀랍지 않다고."

"난 이해가 잘 안 가."

"나는 이 얘길 다른 사람이 이해해 주길 바라지 않아. 그래서 지금까지 너한테도 얘기하지 않았고."

"하지만 엄마도 들어 줄 사람이 필요한 거잖아? 이해는 못 해도 들어 줄 사람이."

"네가 지금 들어 줬잖아."

"응. 그러네."

"네 얘기도 들어 준 사람이 있고. 많네. 세 명이나 있네."

"응. 그러네."

마음속에 평화가 몰려왔다. 이해가 안 가는 일들을 굳이 이해하려고 하지 않으니 갑자기 편안해졌다. 인생에 영화처럼 마법 같은 일들이 일어날 수 있다는 사실을 받아들이면 이렇게 편안해지는 걸까? 하지만 인생이 영화가 되면 아무도 극장에 영화를 보러 가지 않을 텐데.

다음 날 나는 또 조조 영화를 보러 극장에 갔다. 지난번에 사람이 사라졌던 그 영화가 상영 예정이었다. 이번에도 절대로 졸지 않고 똑똑히 지켜보리라고 다짐했다. 그런데 안타깝게도 관객이 나 혼자였다. 그 사람이 뛰어들었던 극장 관객석이 스크린에 다시 나타났고 불현듯 나는 그래야겠다는 생각이 들어서 스크린으로 뛰어 들어갔다. 벽에 부딪힐 줄 알았는데 환한 빛 속에서 투명한 막 같은 것을 통과하는 느낌이 들었고 눈이 부셔서 질끈 감았다. 어두운 통로에 떨어져서 눈을 떠보니 복도 끝 쪽에 엘리베이터가 보였다. '필름 운반 전용'이라는 팻말이 붙어 있었다. 기억을 더듬어 엘리베이터 반대쪽으로 돌고 돌아서 나가니 다시 상영관 입구였다. 안으로 들어서자 아까 그 영화가 계속 상영되고 있었다. 내 자리로 찾아가니 가방도 그대로였다. 나는 얼떨떨해서 영화를 끝까지 다 봤다. 크레디트가 다 올라가고도 자리에서 일어나지 못한 채 그대로 멍하게 앉아 있었다. 청소 직원이 대걸레를 들고 다가왔다.

"학생, 학교 또 빠졌네?"

"제가 보이죠? 보이는 거 맞죠?"

"보이지 그럼."

"오늘은 오늘이 맞겠죠?"

"맞겠지 그럼."

"고맙습니다. 저 지금 학교 가려고요. 안녕히 계세요."

나는 화장실에서 교복을 갈아입고 극장 밖으로 나왔다. 분명히 어제랑 똑같은 세상인데 조금 더 생생하게 느껴졌다. 날씨가 맑고 하늘이 푸르고 가로수에 달린 연두색 잎들이 싱그럽게 느껴졌다. 거리를 바삐 걷는 사람들도 똑같은데 다들 살아 있다는 느낌이 들었다. 그래, 어쩌면 극장에선 마법 같은 일이 종종 일어나고, 어쩌면 살아 있다는 사실이 마법이고, 나는 마법 같은 영화 속에 들어와 있는지도 몰라. 학교로 가는 버스가 도착했다.

　극장에 가는 것을 좋아합니다. 영화를 보는 것도 좋아하고, 지루한 영화를 보러 가서 내내 잠만 자다 오는 것도 좋아합니다. 팬데믹 기간에는 극장에 몇 번밖에 가지 않았습니다만 그 몇 번의 상영에서 모르는 사람들과 함께 큰 화면으로 영화를 본다는 사실이 새삼스레 황홀하고 복에 겨운 일로 느껴져서 감동의 눈물을 흘리기도 했습니다.

　극장에서 영화를 보고 나오면 매번 세상이 조금은 달라진 듯한 기분이 듭니다. 그리고 함께 극장 문을 나서는 모르는 사람을 붙잡고 그들도 이런 기분을 느끼는지 묻고 싶어집니다. 같은 시간에, 같은 공간에서 특별한 경험을 함께했다는 생각에 비밀을 공유했다는 착각도 들고 친밀감을 느끼기도 합니다. 내가 느꼈던 것을 저들도 느꼈을 것이라는 안도감. 그 느슨한 연결감이 행복이고 기쁨이라는 것을 오랜만에 찾은 극장에서 느꼈습니다.

　팬데믹 기간 동안 좋아하던 많은 공간들이 사라졌습니다. 그중에 하나가 종로3가에 있던 서울극장입니다. 1978년 문을 연 서울극장은 2021년 8월 「홀리 모터스」를 마지막으로 상영하고 문을 닫았습니다. 서울극장을 포함해서, 제 기억 속에는 여전히 남아 있지만 세상에선 사라진 극장들을 생각하며 이 글을 썼습니다.

정은

소다현의
극장에서

조
해
진

조
해
진

2004년 「여자에게 길을 묻다」로
문예중앙 신인문학상을 수상하며 작품 활동을
시작했다. 장편소설 『로기완을 만났다』
『단순한 진심』『완벽한 생애』,
소설집 『빛의 호위』『환한 숨』 등을 썼다.
신동엽문학상, 이효석문학상, 대산문학상 등을
받았다.

"어떤 날이 있었는데……."

한참 뒤에야 엄마는 우러 나온 찻물을 하얀 도자기 찻잔에 따르며 그렇게 말을 꺼냈다. 등나무 아래 테이블 위로는 나뭇잎 모양의 그림자들이 겹치면서 일렁이고 있었다. 그림자는 시간이 정지된 듯 고요한 이 요양원 뜰에서도 햇빛과 바람과 공기가 부지런히 움직이고 있다는 걸 일깨우는 특별한 소품 같기만 했다.

"그날 이후 나는 좀 아팠던 것 같아. 근데 아프다는 감각은 거의 없었고, 대신 시도 때도 없이 눈물이 나기 시작했어. 지금 생각해도 정말 이상한 시절이었어."

나는 고개를 들어 의아하게 엄마를 바라봤다. 지금 엄마는, 암에 걸렸을 때도 이렇게 혼자 요양원에 숨어 있을 거면 대체 날 왜 입양했느냐는 질문, 아니, 질문의 형식을 띤 다그침에 대답한 거였으니까. 그날은 대체 언제이고 눈물의 습관이 입양과 무슨 상관이란 말인가.

버스나 지하철 안에서, 모르는 사람들과 어깨를 부딪치며 걷는 길 위에서, 버스 터미널과 기차역의 대합실에서, 심지어 개발된 약의 성분과 효과를 발표하기 위해—엄마는 30년 넘게 제약 회사의 연구원으로 일하다가 2년 전, 내가 대학에 들어가자마자 퇴사했다—서 있던 회의실에서도 예고 없이 눈물이 뺨을 타고 흘러내리곤 했다고, 눈곱을 떼는 척하거나 안구 건조증이 심하다고 둘러대는 것 외에 달리 무얼 해야 하는지 알 수 없었다고, 나중에야, 그러니까 내가 머물던 보육원으로 봉사 활동을 다니면서 그 증상이 조금씩 완화된 뒤에야 그때의 눈물은 몸에서 보내오는 조난 신호 같은 것이었음을 깨달았다고 엄마는 연이어 말했다. 마치 누군가 공들여 쓴 대사를 오래오래 연습해 온 배우처럼 막힘없이 긴 이야기를 풀어놓는 엄마가 나는 낯설었다.

아니, 지금 내 앞에 있는 엄마는 낯선 정도가 아니라 아예 다른 사람 같았다. 평소의 엄마는 짧고 직선적인 화법을 구사했고, 아이처럼 아무 데서나 우는 행위는 감정을 감추고 절제하는 것에 단련된 엄마의 성향과는 전혀 어울리지 않았다. 물론 이 모든 건 엄마가 암 환자라는 소식만큼 나를 혼란스럽게 하지는 못했지만 말이다.

엄마가 산속 요양원에 입소했다는 이모의 전화를 받은 건 어젯밤의 일이었다. 이모의 말에 따르면 엄마는 석 달 전 유방암 3기 진단을 받았고 수술과 항암 치료를 준비하던 중에 돌연 잠적하더니 이곳 요양원에서 전화를 걸어왔다. 그때는 이미 입주 절차까지 마친 뒤였다고 했다. 처음엔 암이라는 단어가 머릿속에 제대로 입력되지 않았다. 암은 독감이나 위염과는 차원이 다른 병, 긴 투병과 죽음의 가능성을 전제하는 병임을 인지한 건 휴대 전화 너머에서 이모가 갑자기 울음을 터뜨린 이후였다. 이모는 쉰 목소리로 내가 엄마 집에 머물며 자주 요양원에 들러 주기를, 그래서 암이 다른 기관으로 전이되기 전에 엄마가 하루 빨리 병원 치료를 받게끔 설득해 주기를 부탁했다. 이모는 직장과 가정에 매여 있어 엄마를 보살피고 설득하는 데 제약이 많았고 더욱이 엄마에게 자신의 말은 아무런 효력이 없다고 믿고 있었다. 요양원은 양평 쪽에 있었으므로 내 자취집이 있는 수원보다 엄마가 이주한 이천과 훨씬 더 가깝긴 했다. 그날 이모는 언니마저 없다면 나뿐 아니라 자신역시 진짜 고아가 되는 거라며 한참을 울먹이기도 했다. 이모처럼 나이가 많아도 고아가 되는 걸 두려워한다는 게, 사실 나는 조금 놀라웠다.

　이모와의 통화가 끝난 뒤에야 온몸을 무기력하게 하는 슬픔이 밀려왔고, 그 슬픔은 뜻밖에도 스스로를 향한 분노로 바뀌어 갔다. 그때 나는 패밀리 레스토랑에서 아르바이트를 끝내고 기숙사로 돌아가는 길이었는데, 아무 화장실에나 들어가

문을 걸어 잠근 뒤 내 뺨을 있는 힘껏 내리치고만 싶었다. 지난 몇 주 동안 나는 엄마에게 먼저 연락한 적 없었고 얘기 좀 하자는 엄마의 메시지에도 전화할게,라고 답장만 보내고는 까맣게 잊고 있었으니까. 보육원에서 친하게 지냈던 동생 한 명이 오토바이를 훔치다 걸려서 9호 처분을 받고 소년원으로 송치되었다는 소식 때문이었다. 보육원의 친구나 동생 들에게 그런 일이 생기면 나는 몇 주씩 외부와의 접속을 차단한 채 내 숨소리마저 귀찮아하며 무기력하게 지내곤 했다.

"입양 왜 했느냐고 물어본 거, 너 처음인 건 알아?"

엄마가 찻잔 하나를 건네며 그렇게 물었다. 빛깔은 홍차처럼 보였는데 향은 한약과 비슷했다. 엄마는 당귀와 황기가 들어간 차라서 몸이 찬 우리 같은 사람에게 좋다고 설명한 뒤 자못 편안한 얼굴로 차를 한 모금 마셨다.

"진작 물어보고 싶었어."

나는 찻잔 안에서 흘러가는 늦봄의 구름을 들여다보며 말했다. 쓸데없이 쑥스러웠다.

"하긴, 좀 늦긴 했다. 다른 애들이었으면 벌써 물어봤을 질문이긴 해."

"근데 엄마가 방금 한 말, 사실 이해를 못 했어. 대체 그날은 무슨 날……."

말하며, 그동안 참아 왔던 여러 질문을 이어 가려 했지만 우리의 대화는 거기서 중단됐다. 마침 별채 쪽에서 안경 쓴 남자가 다현 님, 부르며 알은체를 해 왔던 것이다. 엄마 이름을 오랜만에 들어서인지 나는 '다현 님'이 엄마인 줄 바로 깨닫지 못했다. 젊은 이름이었다. 엄마가 다현이란 걸 뒤늦게 상기한 나는 새삼 엄마의 이름이 무척 젊다고 생각했다. 어느새 남자는 우리 쪽으로 바짝 다가와 있었는데, 내 눈에 그는 도무지 암 환자 같지 않았다. 풍채가 좋고 얼굴에는 윤기가 흐르는, 숫자 8이 연상되는 남자였다.

엄마는 미소를 지으면서도 난처해하는 표정으로 그를 맞았고 그는 아니나 다를까 따님인가, 라는 말로 내 신원을 궁금해했다. 내가 엉거주춤 일어나 건성으로 인사하자 그는 동석해도 된다는 사인이라도 받은 듯 태연히 엄마와 나 사이의 의자에 앉았다. 걱정하지 마요, 어머니가 잘 선택한 거요, 그는 나를 보며 다짜고짜 그렇게 말했다.

"내가 여기 5년째예요. 5년 동안 다 치료돼서 나간 사람을 한두 명 본 게 아니라니까. 병원에서도 포기한 사람이 혈색 좋아져서 두 발로 씩씩하게 걸어 나갈 때면 내가 다 울컥해서는……."

갑자기 나타나 자기 감정에 도취된 듯 눈물까지 글썽이는 남자를 나는 놀란 채 바라봤고, 엄마는 이런 일이 자주 있는지 반복적으로 고개만 끄덕이는 성의 없는 반응을 보이고 있었다.

기적 공동체, 라는 이름의 이 요양원은 2층짜리 황토 건물 두 채와 뜰로 구성되어 있었고, 뜰에는 고추, 파, 토란, 상추, 아욱,

근대, 쑥갓 같은 작물을 유기농으로 키우는 텃밭과 직접 담근 각종 장이 저장된 장독대를 갖추고 있다고 했다. 어제 이모와의 통화를 끝낸 뒤 집으로 돌아가 새벽까지 틈틈이 들여다본 요양원 홈페이지에 적혀 있던 내용이었다. 홈페이지에 따르면 건물은 각각 숙소와 별채 역할을 했는데, 모든 건축 자재는 흙과 나무, 돌 같은 자연물뿐이고 각각의 방에는 돌침대가 마련되어 있으며 별채에는 식당과 운동 시설, 스파, 명상실이 있어 누구나 편한 시간에 이용할 수 있었다. 아무튼 건강에 좋다고 알려진 건 다 있는 곳이긴 했다. 그러나 그뿐, 나는 이곳이 미덥지 않았다. 다른 사람도 아닌 제약 회사 연구원 출신인 엄마가 명상이니 식이 요법 따위로 암이 치료된다고 믿는다니, 도무지 엄마의 선택을 납득할 수도 없었다.

남자는 아직도 암을 이겨 낸 사람들의 성공 사례를 열성을 다해 이야기하는 중이었다. 엄마는 남자를 저지하지 못하리란 생각에 내가 나서서 남자에게 정중히 자리 좀 비켜 달라는 말을 꺼내려던 순간, 엄마가 그를 똑바로 바라보며 말했다.

"장 선생님, 저는 지금 딸과 단둘이 시간을 보내고 싶어요."

정색하고 말하는 엄마를 처음 보는지 남자는 갑자기 말을 중단한 채 오작동된 기계처럼 어, 어, 했다. 엄마의 표정과 말투와 태도에는 늘 일정 분량의 친절이 배어 있지만, 그래서 누구에게나 좋은 인상을 주는 편이지만, 그렇다고 엄마가 마냥 온도가 높은 사람은 아니었다. 정확하게 친절하다고 해야 할까. 저렇게 무작정 다가서고 함부로 사적인 영역을 침범하면 그 관계가 급격히 냉랭해질 수 있다는 걸, 장씨 성을 가졌고 몸의 어느 부위에 암이 생겼는지는 알 수 없지만 어쨌든 5년째 생존해 있는 저 남자는 미처 파악하지 못했던 모양이다.

$$\vee$$

10년 전, 엄마를 처음 만났다.

40대 중반이던 소다현은 안양에 있는 보육원에서 토요일마다 초등학생을 대상으로 과학 수업을 하다가 특히 나와 친밀해졌다. 어느 날 그녀가 '내 딸 하지 않을래?'라고 물은 건 내가 그녀의 수업을 들은 지 반년 정도 되었을 무렵이었다. 교실로 쓰던 다용도실에서 의자를 정리하고 있던 나는 그녀 쪽을 돌아보며 진짜요?, 언제부터요?, 가능하면 내일부터 해요, 아니, 당장요, 연거푸 장난스럽게 대꾸했다. 그때는 그녀가 농담을 한다고 생각해서였다. 어렸던 내게는 아가씨—나이와 상관없이 내 눈에는 미혼의 그녀가 명백하게 아가씨의 범위 안에 있었다—가 보육원 아이를 입양한다는 것이 동화보다 더 비현실적인 이야기였으니까. 물론 그녀는 농담을 한 게 아니었다. 그 말이 농담이 아니란 걸 알았을 때, 아니 그때부터 지금까지 쭉, 나는 당시 그녀가 품었던 용기의 크기에 대해 매번 골똘히 생각하게 된다.

"사실 나는 너를 완벽하게 키울 자신은 없어."

정식으로 입양 절차에 들어가기 전, 패밀리 레스토랑으로 나를 불러낸 엄마가 말한 적 있다.

"나도 더 자라야 하는 사람이거든. 어른이란 사람이 이런 말 하는 게 지금은 이상하게 보이겠지만 언젠가는 너도 공감할 날이 올 거야."

"……."

"많이 미숙하겠지만, 그래도 한 가지는 약속할게. 그건……."

"……."

그건, 내가 스무 살이 될 때까지 나를 안전하게 보호하고 공부를 돕겠다는 약속이었다. 아빠와 형제는 없겠지만 씩씩하게 그 빈자리를 채워 주겠다고도 했다.

"그 대신 네가 스무 살이 되면, 그때부턴 난 양육의 의무를 내려놓을 거야. 앞으로 8년 동안만 엄마 하고 나머지는 친구 하겠다는 이런 엉성한 엄마, 괜찮겠니?"

"아……."

아, 하고 벌어진 입을 다물지 못한 나는 잠시 아무런 반응도 할 수 없었다. 친하게 지내던 봉사자 선생님이 내 엄마가 된다는 사실이 얼떨떨한 데다 그 새로운 엄마의 제안은 열두 살의 내게는 다소 엉뚱하게 들렸던 것이다. 물론 나는 그 제안을 곧 받아들였다. 그럴 수밖에 없었다. 당시의 내게는 혼자만 쓸 수 있는 방과 책상, 그리고 생일과 크리스마스 때마다 똑같은 고

깔모자를 쓴 채 함께 촛불을 꺼 줄 한 사람이 절실하게 필요했다. 그 모든 걸 누릴 수만 있다면 8년이 아니라 8개월이라도 상관없었다. 드라마나 책에서 봤던 엄마들의 무조건적인 헌신과 사랑은 내 처지에서는 과분한 욕심이라고 생각했는지도 모르겠다. 고아는 체념과 포기의 기준선이 낮다. 고전적인 의미의 엄마는 되어 줄 수 없다는 선언과도 같았던 엄마의 그 말은, 그래서 나를 전혀 서운하게 하지 않았다. 나는 소다현의 친구가 되는 몇 년 뒤까지 염려할 여력이 없었고, 사실 나보다 서른네 살이나 많은 사람과 친구로 지내는 상황이 잘 그려지지도 않았다.

그날 이후 엄마는 바로 입양 절차를 진행했다. 입양 신청서를 작성하여 제출했고 예비 양부모 교육을 받았다. 범죄 경력 조회서, 건강 진단서, 신용 조회서, 가정 조사서, 내야 할 서류는 끝없이 이어졌고 엄마는 2년치 휴가를 모두 반차로 변경해 교육을 받거나 서류를 떼러 다니는 데 썼다. 입양 과정에서 성은 엄마 성을 따르게 됐지만 이름은 바꾸지 않았다. 내 뜻이었다. 본 적 없고 보고 싶은 마음도 없는 친부모를 배려해서 그런 건 아니었다. 그저 윤지가 아닌 다른 이름으로 불리는 상황이 귀찮고 어색해서였다. 보육원 생활이 청산하거나 숨겨야 할 암흑의 과거도 아닌데 굳이 이름을 바꾼다는 게 유치하다는 생각도 했다.

입양이 완료되어 엄마가 사는 집으로 내 짐을 옮긴 건 이듬

해 2월이었다. 엄마는 마흔일곱 살, 나는 열세 살이 되었다.

"이모."

"응?"

"친구가 아프면 뭘 해 줘야 돼?"

운전 중이던 이모가 흘끗 나를 봤다. 이모는 나를 엄마의 이천 집으로 데려다주기 위해 저녁나절 요양원에 왔었다.

"나 스무 살 넘으면 엄마한테 친구 되어 주기로 했는데, 내가 지금 친구 역할을 제대로 못 하고 있는 것 같아서. 딸은 못 하는 걸 친구는 해 줄 수도 있을 텐데, 난 그걸 모르겠어."

"아니, 엄마면 엄마지 무슨 친구야?"

이모가 생뚱맞다는 목소리로 대꾸했다. 차가 국도로 진입하면서 마주 오는 차들의 전조등이 가끔씩 이모의 얼굴에 빛을 드리웠다가 흩어지고 있었다.

"하여간, 내 언니긴 하지만 우리 소다현 여사, 참 특이해."

이모는 옅게 웃으며 말했고 그 웃음의 끝은 작은 한숨으로 이어졌다. 이모의 한숨, 그리고 나의 한숨이 어둡고 작은 차 안을 채워 갔다.

"……글쎄, 친구라고 별거 있나? 가족이든 친구든 아픈 사람 곁에 있어 주는 거, 그게 최고지, 뭐."

잠시 뒤에야 이모가 다시 이어서 말했다.

"서운하지, 늦게 알아서? 언니가 너한테 부담 주기 미안했던 모양이야. 사실 나도 같은 이유로 너한테 전화하는 게 많이 망설여졌어. 근데 윤지야, 지금은 우리의 감정보다 엄마 건강이 훨씬 더 중요한 문제라는 거, 우리 그것만 생각하자."

이모의 그 말이 너무도 명백하게 옳다는 걸 알기에 나는 더 이상 아무 말도 하지 못했다.

외로웠겠다.

정기 검진 이후 이상 소견을 전달받고는 다시 병원에 가서 초음파와 조직 검사를 받은 날, 그 결과를 기다리던 몇 주의 시간, 진료실 밖 벤치에 대기하다가 의사에게서 암 진단을 받던 순간, 수술이니 입원 절차를 밟다 말고 혼자 요양원 시설을 알아보는 동안 엄마는 외로웠을 것이다. 아무도 감히 안다고 말할 수 없는 그 외로움은 쓰라리기까지 하지 않았을까. 마음의 내벽에 자꾸만 상처를 내는 외로움이었을 테니까.

엄마 집에 도착한 건 밤 10시가 다 되어서였다. 2년 전 직장을 그만둔 엄마는 서울 효창동 아파트를 팔고 이곳 이천—이천은 엄마가 어린 시절을 보낸 동네라고 했다—의 2층짜리 단독 주택으로 이사를 왔다. 안방 창문으로는 아파트 단지와 신축 건물들이, 거실 창문으로는 논과 밭, 비닐하우스가 보이는 곳에 엄마 집이 있었다. 집을 사고 팔며 생긴 차익금은 1층 공간을 상가로 바꾸어 인테리어 하는 데 쓰였다. 사실은 내 학비 일부도 그 돈에서 나왔다. 그 돈이 있어 나는 아르바이트를 무리하게 하지 않아도 되었다. 엄마는 내가 스무 살이 되면서 자신이 말한 대로 양육의 의무를 내려놓긴 했지만 내 앞날에 대한 걱정은 완전히 처분하지 못했고, 나는 때때로 그 걱정을 떠올리며 깊이 숨 쉴 수 있었다.

이모와 나는 실내등이 켜진 차 안에서 잘 자라거나 또 연락하겠다는 말을 주고받았다. 우리 각자에게는 할 말이 더 있었을 것이다. 나는 이모에게 엄마는 어떤 사람이냐고 물으려다 그만둔 채였고 이모 역시 내가 있어서 다행이라고만 할 뿐, 무엇이 다행인지는 자세히 설명하지 않았다.

이모는 내가 현관문을 열 때까지 차의 실내등을 끄지 않았다.

나는 엄마의 생활 공간인 2층으로 곧장 올라가 거실 소파에 쓰러지듯 길게 누웠다. 눈을 감자, 엄마의 목소리가 이내 귓가를 에워쌌다.

"윤지, 앞으로 그 집에서 지내면서 집이랑 친해지면 어때? 이제 나한테 남은 재산은 그 집이 다야."

요양원에서 이모를 기다릴 때 엄마는 마치 유산이라도 남기듯 그런 말을 했다. 그 말은 엄마의 것을 탐한 적 없다고 믿어온 나 혼자만의 자부심을 혼탁하게 휘저었고, 나는 그것이 성가셨다.

"유방암 3기는 치료만 잘 받으면 생존율이 70퍼센트가 넘는데. 병 고치는 약 만들던 사람이 그것도 몰라?"

나는 괜히 화가 나서 날카로운 목소리로 대꾸했고 엄마 집에서 학교 다니려면 왕복 네 시간이 넘는다고도 덧붙였다.

"지금 휴학 중 아니야?"

"……!"

"나 이래 봬도 네 엄마야. 엄마가 설마 딸이 휴학한 줄도 눈치채지 못할까 봐?"

"……."

"학교 역시도 안 다녀도 돼. 애초에 그 학과 좋아한 것도 아니었잖아. 넌 아직 젊어. 대학 졸업장 없어도 할 수 있고, 하고 싶은 일 찾으면 돼."

대수롭지 않은 말투로 엄마는 연이어 말했다.

대수롭지 않은 것…….

돌이켜 보면 나에 대한 엄마의 기본적인 태도가 그 '대수롭지 않음'이었다. 어제까지 똘똘 뭉쳐 다녔던 친구들과 절교하고 싶다고 고백했을 때도, 수학을 포기하겠다거나 학원을 다니지 않겠다고 선언했을 때도 엄마는 그래, 그럼, 하는 반응이 다였다. 친구의 엄마가 그런 태도를 보였다면 나는 아마 그 친구를 부러워했을지도 모르겠다. 어쨌든 그들은 피를 나눈 사이니까, 한때는 심장과 심장으로 연결되어 있었으니까, 그들에게 신뢰는 유전자에 각인된 본능일 테니까, 아니, 그렇다고들 세상은 내게 가르쳐 줬으니까……. 나는 그럴 수 없었다. 내게는 그 대수롭지 않음이 엄마의 무관심으로 해석되곤 했고 서로의 몸을 빌려 출산과 출생을 겪은 게 아니라는 우리 관계의 한계로 환원됐다.

대충 씻고 나와 서랍장에서 엄마의 잠옷 하나를 꺼내 입었다. 잠옷은 보라색 원피스 형태였는데, 목 부분과 소매가 늘어나 있었고 밑단에서 풀어진 실밥은 다리에 감겼다. 소매를 걷어 올린 뒤 쭈그리고 앉아 실밥을 떼어 내는데 잠옷에 밴 냄새가 짙어졌다. 엄마의 냄새가 기록된 잠옷 안은 아늑했고 나는 잠시나마 엄마에게 안겨 있는 것 같다는 생각을 했다. 그러고 보니 엄마를 안아 주거나 엄마에게 안긴 기억이 아주 멀었다. 입히고 씻기고 먹이는 엄마의 손길에 대한 기억 역시……. 엄마를 엄마로 부르며 함께 살기 시작한 때 나는 이미 어른의 손이 그리 필요하지 않은 열세 살이었던 데다, 엄마 역시 살과 살을 맞대는 행동을 그리 좋아하지 않았다. 욕조에 목욕물을 받아 놓는다든지 내가 좋아할 만한 옷이나 헤어 핀을 사 준다든지, 엄마는 늘 거기까지만 했다. 엄마가 내게까지 상정한 그 정확한 친절의 거리가 날 아프게 하기도 했던가. 그랬을지도. 10대 시절의 나는 그 안온한 상처를 들여다보며 결핍과 납득을 반복했고, 그러는 동안 내 몸과 뼈와 장기는 조금씩 자랐다. 그렇게, 나는 어른이 되어 갔다.

엄마 잠옷을 입고 엄마가 쓰던 침대에 누웠지만 잠은 쉽게 올 것 같지 않았다. 옆으로 누운 채 휴대 전화로 포털 사이트에 접속하여 유방암 증상, 암에 좋은 음식, 대체 요법, 대체 요법의 한계, 대체 요법으로 암을 극복한 사람들, 같은 문구를 연이어 입력했다. 수많은 웹 페이지들을 읽고 또 읽는데, 돌연 엄마에게서 들지 못한 말이 떠올랐다. 대체 그날이 언제라는 걸까, 베개에 얼굴을 파묻으며 나는 중얼거렸다. 잠이 든 건 아마그 중얼거림이 반복되다 희미해진 순간이었을 것이다.

　다음 날에도 나는 엄마 옷을 입었다. 이번엔 티셔츠와 발목까지 내려오는 치마였는데, 티셔츠는 잠옷처럼 목 부분이 늘어져 있었고 체크무늬 치마는 허리 부분이 고무줄로 되어 있는 데다 품도 낙낙했다. 엄마 옷장에는 그렇게 사이즈가 따로없는 옷들뿐이었다. 회사원일 때 입고 다니던 옆선이 뚜렷한팬츠와 무채색의 재킷 같은 건 모두 처분한 모양이었다. 어젯밤 이모 부탁으로 급하게 짐을 싸느라 챙겨 온 옷이 많지 않아앞으로도 당분간 엄마의 옷을 빌려 입어야 할 터였다. 옷뿐 아니라 샴푸나 화장품 같은 소모품도 마찬가지였다.
　냉장고에 있던 음식으로 대충 끼니를 해결한 뒤 계단을 내려가 1층과 2층을 분리하는 나무 문을 열자 습윤한 공기가 느껴졌다. 1층은 오랫동안 블라인드로 햇빛이 차단된 데다 여러주방 용품에 스며 있던 습기가 공기 중으로 증발된 탓일 것이다. 일단 블라인드를 올린 뒤 유리문과 창문을 모두 열었고 구석구석 바닥을 쓸었다.
　엄마는 이곳으로 이사 온 뒤 6개월에 걸쳐 천천히, 거의 혼자 힘으로 1층을 리모델링했고 간판도 없는 정체불명의 가게를 열었다. 커피를 판다고 하니 카페인가 싶었는데 어느 날 와 보니 주방 한쪽에 와인병이 겹겹이 놓여 있기도 했다. 와인은 사과와 귤, 레몬과 계피, 설탕을 넣어 뭉근히 끓인 형태로, 그러니까 뱅쇼로 팔기도 했지만 파는 양보다 엄마가 마시는 양이 훨씬 많다는 걸 나는 엄마 집에 드나들면서 알게 됐다. 그뿐만이 아니었다. 제빵 책자와 유튜브를 골똘히 들여다보며 하루 종일 맛없는 빵을 구워 내던 날들도 있었고 모아 놓은 장식품이나 책에 가격표를 붙여 헐값에 팔기도 했다. 주력 상품이 그렇듯 애매해서인지 손님은 거의 오지 않는 눈치였다.

대충 청소를 마치고 다시 찬찬히 가게를 둘러보자 마지막와 봤을 때는 없던 것들이 눈에 들어왔다. 영화 DVD와 빔 프로젝터, 그리고 스크린이었는데 한쪽 벽면을 채운 DVD는 언뜻 봐도 100장은 되어 보였다. 요즘도 이런 DVD를 파는 곳이 있나. 아니, 그보다 더 궁금한 건 따로 있었다.

엄마가 이렇게나 영화를 좋아했던가.

아무리 곰곰이 떠올려 봐도 엄마가 영화에 특별한 관심을 드러낸 기억은 없었다. 함께 살던 아파트에서 굴러다니는 DVD를 발견한 적도 없었고, 엄마와 단둘이 영화관에 간 횟수는 다섯 손가락 안에 들 만큼 희소했다. 엄마가 모은 DVD 중에 마블이나 디즈니에서 제작된 영화는 없었고, 그 대신 나는 이름도 들어 본 적 없는 감독의 영화가 대부분이었다. 장 뤽

고다르, 에릭 로메르, 마틴 스코세이지, 스탠리 큐브릭, 오즈 야스지로와 에드워드 양 같은……. 그나마 나도 아는 이름은 히치콕과 봉준호, 미야자키 하야오 정도였다.

 DVD 몇 장을 꺼내 영화 소개 글을 유심히 읽고 있는데 노년의 여성이 다현이냐, 부르며 유리문을 열었다. 그녀는 엄마보다 열 살 정도 더 많아 보였는데, 밭일을 나가는 옷차림에 손에는 소쿠리 몇 개가 들려 있었다. 나를 보고 놀란 그녀에게 나는 자세한 이야기는 생략한 채 엄마가 잠시 여행 중이라고 둘러댔다. 다현이 없다는데도 그녀는 스스럼없이 가게 안으로 들어오더니 당연한 수순인 듯 냉수를 요구했고 나는 얼결에 정수기에서 물 한 잔을 내린 뒤 얼음까지 넣어 그녀에게 건넸다. 보는 사람도 시원하게 물 한 잔을 단박에 들이켠 그녀는 뜻밖에도 영화 이야기를 꺼냈다. 이곳에서 비정기적으로 영화를 상영했다는 것, 지금까지 네 번 정도 상영회가 열렸는데 그녀는 그중 두 번 참석했고 그때 배우들이 우산 들고 노래를 부르는 영화와 정윤희가 시 배우는 할머니로 나오는 영화를 봤다는 것, 매번 동네 사람 대여섯 명—그중에는 자신처럼 평생 영화와 담쌓고 살았던 노인들도 있었고 근처 도자기 공방에서 일하는 젊은 사람들도 있었다—은 모였다는 것, 영화가 끝나면 엄마가 뱅쇼와 빵을 제공했고 영화에 대한 설명도 해 주었다는 것, 영화를 보러 이곳에 온 사람들 모두 다음 상영회를 기다리고 있다는 것, 그런 이야기…….

그날 정오 조금 지나서 요양원으로 갔다.

버스를 두 번 갈아탄 뒤에도 요양원 근처까지 가려면 다시 택시를 불러야 했다. 한 시간 반 만에 요양원에 도착했을 때 엄마는 등나무 벤치 옆에서 장씨 성의 남자와 배드민턴을 치고 있었다. 엄마는 사실 저 남자와 친했던 걸까, 정확하게 친절한 거리를 두지 않아도 될 만큼? 그러니까, 엄마에게 나보다 정서적으로 더 가까운 사람이 생긴 걸까. 이모를 통해서나 엄마의 투병 소식을 전해 듣고 현재 엄마에게 가장 편한 사람이 내가 아니라면, 소다현의 첫 번째 가족도 친구도 아니라면, 그럼 나는 무슨 자격으로 여기에 와 있는 걸까. 순간, 쓸쓸해졌다. 마침 남자가 먼저 나를 알아보고 손을 흔들자 그제야 엄마가 내 쪽을 돌아봤다. 얼굴이 연하게 땀에 젖은 엄마는 전혀 암 환자 같지 않았고, 오히려 다른 때보다 건강해 보였다. 그것이 다행이면서, 동시에 저 남자가 가족의 대리 역할을 하고 있다는 생각에 마음의 일부가 난폭하게 일렁이는 듯했다.

"그러니까 질문이 두 개네. 영화를 좋아하는 게 맞느냐, 그리고 어제 말하다 만 그날이 언제냐. 이 두 개, 맞지?"

자신의 방으로 나를 데려간 엄마가 이번에는 쑥차와 찐 고구마를 내오며 확인하듯 되물었다. 돌침대에 엉덩이를 대고 앉은 채 나는 고개를 끄덕여 보인 뒤 엄마의 대답을 기다렸다.

"재미있다. 질문은 따로인데 대답은 하나거든."

엄마가 고구마를 들어 껍질을 벗겨 내며 말했다.

"너도 알다시피 내가 대학 졸업하자마자 들어간 회사에서 평생 일했잖아. 이직 생각은 해 보지 않았고 결근도 한 적 없어. 일을 잘한 건 아니었지만 무식할 정도로 성실하기는 했지."

　예측하지 못한 요인으로 일상의 질서가 흐트러지는 게 싫었고 노력과 수고를 들인 만큼 결과는 좋아질 수밖에 없다고 엄마는 믿었으니까. 알람 소리에 깨서 출근 준비를 하고 실험과 미팅과 회의로 하루의 대부분을 보낸 뒤 다시 퇴근길에 오르는 일상, 엄마는 그런 일상으로 구성된 거대한 구조물이 곧 자기 몫의 삶이라는 걸 의심하지 않았다. 노동이 불러오는 개별적인 성취감과 금전적인 보상, 그리고 피로와 우울, 그중 그 어떤 것도 엄마의 고유성이 될 수 없다는 걸 알면서도…….

　영화를 보기 시작한 건 언제부터였을까. 엄마는 그 정확한 시작이 가물거린다며 웃었다. 처음엔 약속이 없는 주말마다 노트북에 파일을 다운받아 영화를 봤는데 조금씩, 아니, 아주 가파른 속도로 엄마는 영화를 사랑하게 됐다. 영화에는 엄마 삶에 없는 모든 것이 있었다. 평생 잊지 못할 로맨스, 젊음의 특권, 아내 혹은 엄마의 역할, 외부의 위협과 끝없는 시련, 도전과 야망, 그 모든 것……. 영화에 점점 빠져들면서는 커다란 화면이 필요해 대형 텔레비전을 24개월 할부로 샀고 영화를 물성으로 간직해야겠다고 다짐한 이후부터는 DVD를 모으게 됐다. 휴일이면 중고 DVD를 취급하는 상점을 찾아 동묘와 낙원 상가, 청량리, 때로는 군산이나 전주, 부산의 거리를 배회

했다고, 혼자서도 다녔고 친구나 영화 동호회에서 만난 사람들과도 다녔다고, 그렇게 모은 DVD가 15,000장 정도 됐을 거라고 엄마는 자랑하듯 말을 이어 갔다. 15,000장의 DVD는 목수에게 의뢰해 맞춘 DVD 전용 장에 차곡차곡 꽂혔다. 여분의 화장지와 계절 침구와 쓰지 않는 가전제품을 두었던 주방용 다용도실이 바로 소다현의 그 작은 극장이었다. 소파와 쿠션들, 맥주로 가득 채워진 소형 냉장고도 갖춰져 있던 그곳에서 엄마는 거의 매일 밤 혼자 영화를 봤다. 단순한 취미가 아니었다. 엄마의 고유성을 회복하는 시간이자 스크린의 안과 밖을 넘나드는 황홀한 여행이기도 했다.

엄마의 이야기는 자연스럽게 그날로 이어졌다.

그날, 회사에서 일하고 있던 엄마에게 아파트 관리실로부터 전화가 걸려 왔다. 여름날이었다. 집에서 연기가 난다는 관리소장의 놀란 목소리를 들은 엄마는 창문을 열어 놓고 영화를 봤던 지난밤을 괴롭게 떠올렸고 황급히 회사에서 나왔다. 과속으로 차를 몰아 아파트에 도착했을 때 불은 이미 진압된 뒤였다. 위층, 아니면 더 위층에서 함부로 버린 담배꽁초가 다용도실 커튼에 붙으면서 그 안을 태웠는데 연기를 수상쩍어한 이웃들의 신속한 신고 덕분에 다행히 불은 크게 번지지 않았다.

그곳, 그러니까 엄마가 DVD를 모아 놓았던 소다현의 극장은 그렇게 한순간 불에 탔다. 사람 없을 때 불이 났고 화재 상황이 금세 발견되었으며 더욱이 다용도실만 태운 뒤 바로 꺼졌으니 불행 중 다행이라고 엄마의 주변 사람들은 모두 같은 말을 했다. 하지만 엄마는 그렇게 생각할 수 없었다. 그때껏 할부도 끝나지 않은 텔레비전은 아깝지 않았다. 아까운 건 발품을 팔아 가며 모았던 DVD와 그곳에서 영화를 봤던 시간들이었다. 허무했다. 텅 빈 허무가 아니라 울분과 분노로 가득 찬 아주 까만 허무였다. 그거 하나였는데……. 어느 날부터인가 엄마는 악의에 차서 중얼거리곤 했다. 영화 보는 거, 그거 하나로 버텼는데, 그마저 앗아 가는 운명—엄마는 그전까지 운명이란 단어를 가장 싫어하는 부류였다고 했다—에 분노가 차올랐고 그 분노는 폐쇄된 원 안에서 돌고 돌다가 끝내 잿더미 같은 슬픔이 되었다. 감정의 동요나 예고 없는 눈물이 흘러내리기 시작한 건 그때부터였다.

이렇게는 살 수 없구나, 사람이란, 사람이니까, 더 이상 이렇게는…….

어느 날 길을 걷다가 쇼윈도에 비친 모습, 아무런 표정 없는 얼굴로 눈물을 흘리고 있는 자신의 모습을 보며 엄마는 생각했다. 사람과 부딪쳐야겠다고, 스크린을 보면서가 아니라 삶에서 자신의 의지로 웃고 울어야겠다고 다짐하기도 하면서…….

그해 겨울부터 엄마는 내가 머물던 보육원에서 봉사를 시작했고 그곳에서 나를 만났다. 내게서 엄마는 무엇을 보았을까. 나의 무엇이 엄마에게 가족을 이루고 싶다는 마음을 생성하게 한 걸까. 엄마도 잘 알지 못한다고 했다. 그저 조금 더 깨끗한 옷을 입혀 주고 싶었고 조금 더 넓은 집에서 살게 하고 싶었고 조금 더 맛있는 음식을 함께 먹고 싶었다. 사람으로 사람을 보살피며 사람에 더 가까워지고 싶었다.

엄마는 그렇게, 나의 엄마가 되기로 했다.

"시시하니?"

그새 껍질을 모두 벗긴 고구마를 건네며 엄마가 물었다. 엄마에게서 받은 고구마를 물끄러미 내려다보며 아니, 나는 작은 목소리로 대꾸했다. 고구마는 식어 있어서 먹기에는 편했다. 엄마는 또 다른 고구마를 들어 한입 베어 먹고는 달다, 속삭였다.

참 달아…….

"저녁 먹을 시간이야."

고구마와 차로 배를 채우자마자 엄마가 침대에 앉은 나를 막무가내로 일으키며 말했다.

"방금까지 실컷 먹고 무슨 저녁……."

"그래도 먹고 가. 아니, 먹어야 돼. 내가 키운 채소로도 요리한 식단이란 말이야. 소윤지, 일어나, 어서."

시간을 확인하니 5시였다. 5시에는 기적 공동체에 머무는 모든 사람들이 별채에 있는 공동 식당에 모여 식사를 하는 모양이었다. 나는 어차피 엄마를 따라갈 생각이면서도 배가 너무 불러 꼼짝할 수 없다며 침대에 등허리를 밀착했고, 엄마는 평소보다 경쾌하게 높은 목소리로 일어나라는 말을 반복했다. 그 순간만큼은 엄마가 내 전 생애를, 엄마는 본 적 없는 갓난아기일 때나 아주 어릴 때의 나를 다 알고 있는 것만 같았다.

식당으로 이동하는 동안, 엄마는 장씨 성의 남자 이름은 성준이고 이곳에서는 드물게도 양성 종양을 갖고 있는 환자라고 알려 주었다. 양성이긴 하지만 종양이 뇌 안에 자리해서 수술을 못 하고 있다고, 종양의 크기가 갑자기 커지면 그 부위와 연결된 신경이 마비될 수 있어 늘 조심해야 한다고, 한마디로 언제 타이머가 제로로 떨어질지 알 수 없는 폭탄을 이고 사는 셈이라고, 일반 직장에는 다닐 수 없어 이곳에서 요양하며 관리인 비슷한 일을 하고 있다고 엄마는 설명을 이어 갔다. 식당에서 장씨 남자는 이번에도 엄마와 내가 앉은 테이블에 동석했는데, 엄마는 여전히 그를 귀찮아하면서도 그가 권하는 가지무침이니 토란조림에 젓가락을 가져갔다. 다현 님 딸이냐는 사람들의 인사에 적당히 응대하는 틈틈이 남자를 관찰하느라 나는 식사에만 집중할 수 없었다.

내가 아는 엄마의 마지막 사랑은 5년 전 겨울 무렵에 시작되어 이듬해 여름에 끝났다.

고등학교에 진학하고 학원이니 도서관에서 시간을 보내다

가 어두워진 뒤에야 집에 돌아와도 엄마가 없는 날이 많았다. 어느 새벽에는 화장실에 가려고 깼다가 이제 막 귀가한 엄마와 거실에서 마주치기도 했는데, 그때 엄마는 분명 평소와 달라 보였다. 엄마의 몸 안에서 찰랑이는 사랑의 감각이 잔잔한 에너지가 되어 번져 나오는 것 같다고 나는 느꼈다. 그런 건 누가 가르쳐 주지 않아도 알 수 있었다는 게 지금 생각해도 신기할 때가 있다.

엄마는 내게 그 남자를 소개해 주지 않았다. 만나는 사람이 있다는 것도 밝히지 않았는데, 엄마가 먼저 솔직하게 털어놓았다면 나 때문에 주저하지 말라며 엄마를 응원했을지, 아니면 언제라도 결혼할 생각이었다면 뭐 하러 날 입양했느냐고 따졌을지, 오랫동안 나는 내가 보였을 반응이 궁금하긴 했다. 아마 둘 다 아니었을 것이다. 그저 엄마의 삶을 한발 떨어져 지켜보는 걸 택했을 것이다. 엄마와 나 사이의 헐거운 애정이 불안하고 불만이면서도 어느새 나는 엄마의 방식에 익숙해졌는지도 몰랐다. 하긴, 우리는 모녀니 닮을 수밖에. 어느 날부터인가 엄마의 외출은 조금씩 줄어들었고 그렇게 두 계절 정도가 지난 어느 여름날, 선풍기 앞에서 머리칼을 말리다 말고 한참 동안 등을 동글게 말고 있는 엄마를 훔쳐보면서 나는 엄마의 사랑이 끝났음을 눈치챘다.

"실은 나 약 냄새가 지겨워. 약 냄새 맡으면서 이 시기를 다 흘려보내고 싶지는 않더라고."

저녁 식사가 끝난 뒤, 요양원 앞에서 콜택시를 함께 기다릴 때 엄마가 말했다.

"그렇다고 너무 걱정할 필요는 없어. 정말 상태가 안 좋아지는 게 느껴지면 그땐 수술받으러 내 발로 병원 갈 테니까. 설마 전직 제약 회사 연구원이 그 정도도 감지하지 못할까 봐? 지금은……."

"……."

"지금은, 그냥 한번 이대로 둬 보자."

"……."

"그러니까 앞으로는 나 설득하려 하지 말고 여기는 그냥 밥이나 먹으러 와."

"……."

나는 산속 밤공기에 오소소 잔털이 솟은 엄마의 가는 팔뚝을 말없이 내려다보기만 했다.

"나한테 먼저……."

어느새 초록색 예약 등을 켠 채 다가오는 택시 쪽으로 시선을 돌리며 나는 말했다.

"먼저 말해 줘, 병원 갈 때가 오면……."

엄마가 그래, 그럴게, 대답한 뒤 아주 짧게 웃었고 그 웃음소리는 공기 속에서 입자처럼 떠도는 듯했다. 엄마는 알까, 요양원에서 엄마의 얼굴이 달라졌다는 걸……. 이전보다 자주 웃었고, 무엇보다 여전히 자라고 있고 앞으로도 자라야 하는 사람인 양 모든 순간의 표정이 달랐다. 그 어느 때보다 죽음의 확률이 높아진 지금, 어쩌면 엄마는 살아 있다는 감각에 집중하고 있는 건지도 몰랐다. 곧 택시에 오른 나는 몸을 돌려 뒤창을 보았고 엄마는 내가 아직 보지 못한 어떤 영화의 주인공처럼 서 있었다. 지금 배우는 삶의 어느 지점을 통과하는 중일까. 페이드아웃으로 이 장면이 흐릿해진다면 배우는 어떤 신으로 이동하게 될까. 택시가 요양원에서 멀어지면서 엄마는 더 이상 보이지 않았지만 나는 자세를 바로 하지 않은 채 계속해서 뒤창을 보았다. 지금 엄마의 세계 안에서 음악이 흐른다면 좋겠다는 생각을 했다. 엄마의 생애를 에워싸는 음악이 밤의 나뭇잎과 들꽃과 흙길 위의 돌에서도 빚어진다면 엄마는 훗날 이 장면을 조금 덜 외롭게 떠올릴 수 있을 테니까.

그 밤, 나는 엄마 집으로 와서 1층 가게부터 들렀다. 영화를 한 편 본 뒤 잠들 생각이었다. 차곡차곡 정리된 DVD 중에서 「쉘부르의 우산」을 꺼내 플레이어에 넣고 스크린을 내린 뒤 빔 프로젝터를 켰다. 엄마가 영화와 사랑을 했던 시절, 그 시작점이 되었던 영화가 「쉘부르의 우산」이라고 했다. 배우들이 우산 들고 노래를 부르는 바로 그 영화…….

"예전처럼 영화에 집착할 생각으로 DVD 다시 사 놓은 거 아냐. 그냥 내가 좋아했던 영화들, 다른 사람들이랑 한 번씩 더 보고 싶었어. 그래서 말인데…….."

"……."

"가게에서 가끔 영화 좀 틀어 줄 수 있어? 아닌 게 아니라 사람들이 영화 보고 싶다면서 메시지 보내고 전화 걸어오고 그래."

"난 영화 잘 몰라. 엄마도 알잖아."

"모르면 어때? 원래 영화 선택은 극장주 마음이야."

나는 잠시 주저하다가 그럼 엄마가 복귀할 때까지만,이라고 단서를 붙였다.

뱃고동 소리와 함께, 배들이 정박한 부둣가로부터 하나둘씩 펴지는 길 위의 우산들로 화면이 이동하면서 영화는 시작되고 있었다. 소다현의 극장에서 소다현의 옷을 입고, 고독했던 소다현, 사람들과 DVD를 구입하러 여러 도시를 신나게 헤매고 다니면서도 집으로 돌아오면 전등을 켤 생각도 못한 채 가만히 웅크리고 앉아 있었을 소다현을 나는 생각했다. 과학 수업이 끝난 뒤 책상을 정리하고 있던 한 아이에게 말을 건네기 직전, 떨리고 두려우면서도 끝까지 용감하자고 다짐했을 소다현의 한 시절이 스크린 위로 또 하나의 영화인 양 영사되고 있었다.

"윤지, 내 딸 하지 않을래?"

10년 전, 내 등 뒤에서 엄마가 그렇게 물었다.

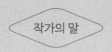

『비혼이고 아이를 키웁니다』(백지선 지음, 또다른우주 2022)는 비혼으로 두 아이를 입양하여 떳떳하고도 슬기롭게 육아를 하고 가정을 이룬 작가님 개인의 이야기를 담은 에세이다. 친구에게 이 책을 추천한 날, 백지선 님이 품은 용기의 크기가 가늠도 되지 않는다고 내가 말하자 친구는 이렇게 대답했다. 친부모도 아이의 전 생애를 책임질 수 없다고, 어른으로 보호자 역할을 해야 할 때는 그 역할에 충실하되 긴 관점에서는 인생 친구를 사귄다는 조금은 가벼운 마음이 어쩌면 입양에서 더 필요한 자세일지도 모르겠다고……, 그 말이 잊히지 않아 「소다현의 극장에서」를 구상했다. 소다현의 극장, 그 공간을 문장으로 구현한 건 나 자신이지만 소설을 쓰면서 나는 자주 그곳에 초대받고 싶었다.

조해진

여름잠

한
정
현

한
정
현

2015년 「아돌프와 알버트의 언어」로
동아일보 신춘문예에 당선하며 작품 활동을 시작했다.
장편소설 『줄리아나 도쿄』 『나를 마릴린 먼로라고 하자』
『마고』, 소설집 『소녀 연예인 이보나』 등을 썼다.
제43회 오늘의 작가상, 제12회 젊은작가상을 받았다.

그즈음 나는 무언가를 안내하는 일에 집중하고 있었다. 그건 37년여 만에 한국에 온 미국인 여성이 의뢰한 옛 극장 투어 안내를 하면서부터였다. 극장 투어라니, 대체 어째서,라고 물으면 일단은 할 말이 없긴 하지만 또 왜냐고 물으면 나름 할 말이 있긴 했다. 우선은 한 사람의 부탁이 있었다. "무언가 딱 집어서 말하긴 어렵지만 뭔가 조금 까다로운 사람이 있는데⋯⋯." 몇 년 만에 연락을 해 온 선배는 이런 식으로 말을 흐리며 머뭇거렸다. 몇 년 전 나였다면 간만의 연락에 부탁씩이나 하다니, 하고 모른 척했겠지만 지금의 나는 선배의 흐린 그 말투가 조금 신경이 쓰였다. 사실 이미 나는 그 대학원을 나온 지 꽤 되었기 때문에 그사이 선배가 어떤 삶을 살아온 건지는 알 수 없다. 다만 나이가 들수록 누군가에게 부탁을 하는 것이 쉽지 않으면서도, 또 아예 안 할 수는 없다는 걸 느끼고 있어서 그런 머뭇거리는 말투는 쉬이 지나치기가 어려웠던 거다. 게다가 나는 대학원을 나온 직후부터 단체 관광객 통역 일을 간간이 하고 있었다. 그래 봤자 용돈벌이 정도이고, 원래 하던 번역 일이 영 시원찮아서 시작한 거였는데 그래도 공과금 같은 걸 해결할 정도는 벌 수 있어서 꽤나 좋았다. 거기에 종종 재미있는 일도 있고 그랬다. 나 혼자라면 절대 겪어 보지 못할 일들 같은 것. 가령 오래전 한국은행 건물 내부에 들어가 오랜 시간 사진을 찍는다거나 평일에 부러 찾아가 숭례문 해설을 듣는 일과 같은 것 말이다. 그러니까 한국에 살면 살수록 무심해지는 어떤 것들. 그런가 하면, 외국어를 하며 외국인들과 우르르 시장이나 식당엘 갔을 땐 본의 아니게 '솔직한' 한국어도 듣게 된다. 그건 꼭 악의에 찬 것만은 아니고, 단지 상대방이 언어를 모른다고 했을 때 더 조심스럽게 솔직해지는 모습들과 가까웠다. 내가 일본인인 줄 알고 매운 양념을 최대한 피해 주려는 식당 주인들이나 미국에서 온 교포인 줄 알고 자기들끼리 소리를 줄여 '내장을 먹느냐고 물어봐야지, 싫어하서.' 하는 사람들. 한국인으로는 거의 겪을 일 없는 호의로운 상황들. 나는 그런 일들이 조금 재미있었고, 어쩐지 한국에서 그래도 조금은 더 살아 볼 만한 게 아닌가 하는 생각까지 들기도 했다. 대학원을 나오고 얼마간은 집 안에서 꼼짝도 않던 나였기에 더욱 그랬다. 단지 돈 때문인 줄 알았는데, 관광지라곤 좋아하지 않는 줄 알았는데 어느 순간 나는 이 일이 누군가의 여행에 기운을 주는 일일 뿐 아니라 나의 일상에도 도움을 주는 일임을 깨달았던 것이다. 그런데 코로나가 터지고는 나는 거의 해고 상태에 놓이게 되었다. 징징거릴 틈도 없었다. 나에게 일을 주던 여행사는 장기간 폐업 상태였으니, 인생에선 누구의 잘못도 없이 이렇게 나가떨어지는 일이 생기는구나 하는 마음이 그제야 들기도 했다. 나는 해외에 나가고 싶다고 바라는 대신 남들이 한국에 들어오면 좋겠다는 생각을 하며 뉴스를 보곤 했었다. 그러다가 최근에야 겨우 다시 국경이 열리는 참이었다. 조건을 떠나 무조건 일을 받으려던 생각이었는데 마침 선배가 연락을 해 온 것이다. 뭐, 그럼에도 궁금한 건 당연히 있었다. 그러니까, 그런 건 선배의 말 중에 있었다. 잔뜩 흐린 말투로 했던 그 말, 대체 '무언가 까다롭다'는 게 무엇이란 말인가.

"영화관을 찾아야 해."

그러니까, 관광지 말고 영화관 말이야. 그리 놀랄 일은 아니었다. 한류 열풍에 소속사 건물을 찾는 안내도 해 본 적 있으니까. 방송국 앞에서 줄을 선 것은 물론이고 콘서트 티케팅까지 대행해 본 적도 있다. 그것이야말로 오로지 사랑이 목적인 관광, 신혼여행도 연애 여행도 아닌 그것이야말로. 그러니 이번에도 그런 류의 사랑이 목적인 거 아닐까 싶기도 했다. 그리고 벌써 몇 년 전이지만 대학원 시절 나는 대한민국 초기 영화 산업 연구를 하며 곧잘 논문을 발표하기도 했었다. 끝까지 못한 것도 싫어서라기보다는…… 거기까지 생각하고 나는 고개를 저었다. 언제부터인가 나는 내가 해내지 못한 일에 대해 누가 묻지도 않았는데 스스로 변명하는 습관이 생겼다. 사실 인생 전체를 본다면 해낸 일보다 해내지 못한 일이 대부분일 테고 그것은 그것대로 추억이나 기억을 충분히 남겼을 텐데 말이다. 어쨌거나 이쯤 되자 나는 더 묻지 않아도 왜 선배가 이 투어에 나를 떠올렸는지 알 것만 같았다. 하지만 진짜 영화관을 찾는 일이라면 내가 아니라 네이버나 카카오 맵이 더 빠르지 않을까. 이에 대해서도 역시, 선배는 처음보다 훨씬 명쾌히 답변해 주었다.

"사라진 영화관들. 그걸 찾아야 해."

선배의 말투가 흐린 이유는 그거였다. 사라진 건 말 그대로 사라져서 이제는 눈에 보이지 않는 것인데 그걸 찾는다니, 나도 모르게 '확실히 선배도 확신의 인간에서 조금 달라졌군요?'라고 할 뻔했다. 내가 아는 선배는 그렇게 뜻이 상충되는 문장은 쓰지 말라고 했을 사람이니까. 나도 선배도 어느 순간엔 상충되는 문장을 쓸 수밖에 없음을 아는 사람이 된 것 같았다. 선배의 말에 곧장 그런 속내를 내비치지 않은 나도 마찬가지였으니 말이다. 나는 별다른 말없이 휴대폰을 귀에 대고 고개만 가볍게 끄덕였다. 선배는 휴대폰 너머에서 나를 다 보고 있다는 듯 고맙다는 인사와 함께 사례비 이야기를 꺼냈고 그 외 주의 사항들을 조금씩 설명했다. 그러다 문득, '아, 그런데 아란이 너는 그때 왜 대학원 그만둔다고 했었지?' 이런 말을 섞기도 했는데 정말 궁금해서라기보다는 너무 자기 이야기만 하는 게 아닌가 싶어서 그런 거 같았다. 그리고 정말 궁금하지 않은 그 질문이 나를 좀 편하게 만들었다. 대답을 할 필요가 없어 보였으니까. 나는 잠자코 선배의 이런저런 이야기들을 듣다가 반드시 해야 할 질문이 남았다는 걸 깨달았다. 그런데요, 선배. 가만 듣고 있던 나는 선배를 잠에서 깨우듯 불러 세웠다.

"선배, 그런데 그분은 대체 왜 사라진 극장을 찾는 거예요?"

선배는 마치 정말 잠이라도 자는 듯 한동안 말이 없었다. 내가 여러 차례 '선배, 선배 들려요?'라고 한 후에야 선배는 무거운 돌문을 열어젖히듯 말문을 열었다.

"그게."

"네."

"잠을 찾아야 한대. 잃어버린 잠을."

이번엔 내 입에 돌문이 설치된 듯 했다. 잠을, 극장에서요? 물론 나도 영화를 보다가 잠을 잔 적이 있다. 존 카사베츠의 「얼굴들」은 두 번 졸고 깨어도 여전히 영화가 상영되고 있어서 자신에 대한 회의를 가져오게 하기도 했다. 하지만 이건 내가 영화관에서 잠을 찾았다기보다는 그냥 영화관에서 졸았다는 게 맞는 거다. 잠을 자기 위해 영화관에 가는 사람이 과연 있을까. 내 질문에 아마도 선배는 휴대폰 너머에서 어깨를 으쓱한 모양이었다. 딱히 답을 알 수 없을 때 사람들은 그러고

마니까. 나는 잠시 입술을 말고 생각에 잠겼지만 이내 알았다고 답했다. 나는 그렇게 37년여 만에 한국에 온다는 미국인의 사라진 영화관 찾기 투어에 안내를 맡게 되었다. 그러니까 이게 안내인지 아니면 발굴인지, 기억인지, 수면 치료인지는 모르겠지만 말이다. 그렇다면 나는 안내자가 아니라 탐정이자 의사이고. 하긴 낯선 곳에서의 여행이란 원래 그런 건지도 모르겠다. 무언가를 찾아가고 발굴하고 또 치유되고…….

그렇게 잠을 찾아 30여 년을 건너온 사람은 첫날, 종로 3가 유니클로가 있던 자리에 서 있었다. 일본 제품 불매 운동 때도 꿋꿋했던 종로 3가의 유니클로는 코로나를 기점으로 자취를 감추었다. 애국심보다 질병이네, 나는 이렇게 중얼거리며 내가 안내해야 할 사람을 찾아 나섰다. 휴대폰 번호를 받긴 했는데 그는 전날 나에게 메일을 보내 자신은 데이터를 쓰지 않을 셈, 이라고 했었다. 그 말은 그가 호텔 밖으로 나와 와이파이가 불안정한 지역으로 가면 찾기가 어려워진다는 뜻이었다. 순전히 그가 말해 준 인상착의를 더듬어 가며 주위를 훑을 때였다. 나는 나만큼이나 두리번거리는 한 사람을 발견할 수 있었다. 하지만 그와 내가 찾는 건 조금 달라 보였다. 나를 찾는 것인가 했던 그는 가만 보니 이제는 롯데시네마가 된 단성사 극장을 찾고 있는 거였다. 그가 아닌 다른 사람이 그랬다면 그저 유달리 기억력이 좋군요, 할 수 있을지도 모르지만 그는 37년여 만에 한국에 들어와 옛 영화관들을 찾는 사람이었다. 괜히 내가 그의 흐름을 방해하게 될까 봐 나는 그를 곧장 부르지 못하고 잠시 주춤거렸다. 물론 직전에 선배에게 들은 또 다른 이야기가 떠오른 것도 있었다.

"네가 안내를 맡은 퍼트리샤는 미국에서 흔치 않게 식민지 소신의 영화 산업을 공부하신 분이거든. 어떻게 보면 네 선배네."

부탁을 해 온 선배는 그에 대해 더 소개해 보겠다며 이렇게 덧붙였다. 그와 내가 다른 점이 있다면 그는 미국에 돌아가서도 꾸준히 연구를 했고 학교에 자리를 잡았다는 것 정도였다. 이 하나의 다른 점이 많은 걸 바꾼 게 더 큰 다른 점이겠지만. 그제야 나는 선배가 왜 그렇게 어려워했는지 조금은 더 알 수 있었다. 퍼트리샤는 선배의 지도 교수와도 가까운 사이인데다가 퇴직이 코앞이었다. 그렇다면 잠은 핑계고 막상 퇴직을 앞두고 보니 처음 연구를 시작했던 곳에 가 보고 싶었던 게 아닐까. 사람들은 왜 항상 끝에서 시작을 그리워하는 걸까. 시작할 땐 끝을 염두에 두지 않는데. 심지어 영화를 볼 때도 그렇다. 저 세계가 영원히 지속될 것 같다는 생각이어서일까, 영화의 시작에선 끝을 생각하지 않으며 본다. 언젠가 반드시 끝나는 영화를 보면서도 말이다. 게다가 퍼트리샤처럼 승승장구한 사람이 30여 년 동안 잠을 못 잘 이유가 있었으려나 싶었다. 사실 나야말로 다른 의미로 잠을 잃은 적이 있었다. 원하는 공부를 다 마치지 못한 채 대학원을 나온 직후 나는 한동안 꿈에 취한 사람처럼 종일 잠만 잤었다. 오래 매달려 온 일을 잃어버린 나는 어쩌면 잠에서라도 그 꿈을 찾아보고 싶었는지도 모르겠다. 잠을 잃은 불면이나 꿈에 취한 잠이나……. 사람은 죽기 전에 그렇게 잠부터 잃어버리나 보다. 잠을 잘 수 없으니 죽음에 이르는 것, 그즈음 나는 그런 생각이 들 정도였으니까. 하지만 내가 왜 대학원을 나갔는지 전혀 모르는 그 선배는 그저 지도 교수의 이 까다로운 친구를 잘 모시려 했을 것이다. 그러니 그런 선배에게, 그가 왜 수십 년 전 굳이 한국에서 영화 산업을 공부했는지, 대체 그 잠이라는 게 무엇인지 이런 건 더 묻지 못했다. 내가 선배에게 들은 몇몇의 정보를 기억해 내며 그에게 다가섰을 때였다. 한참이나 극장 자리를 보고 있던 그는 나를 알아본 듯 자연스레 말문을 열었다.

"저, 여기에 단성사 극장이라고 있었는데 말이에요. 이제 무엇보다 반짝이는 보석 가게가 된 듯하네요."

나는 그의 시선을 따라 롯데시네마 건너 단성사 빌딩을 바라봤다. 단성사가 기업체에 넘어간 2000년 이후에 생긴 거였다. 언젠가는 옛 단성사를 복원하겠다고 했지만 사실 대기업들이 영화관을 운영하는 지금의 구조로 봤을 땐 쉽지 않은 기약이었다. 내가 말없이 고개를 끄덕이자 그는 곧 자신의 입을 살짝 막는 듯한 모습을 보였다. 그러더니 이내 못 말리겠다는 듯 잠시 고개를 저어 보였다.

"오, 내가 초면에 인사도 없이 이런 결례를. 뭔가에 집중하면 다른 걸 못 보는 이 버릇은 언제 고쳐질는지."

내가 작게 괜찮아요, 목례를 하자 그는 메고 있던 에코 백까지 두 손으로 맞잡으며 깊숙이 허리를 숙였다. 그는 자신이 어느 순간부터 사람을 만날 때마다 자주 이런 결례를 저지른다고 했다. 누군가를 만나면 영화 이야기를 한참이나 떠들어 대는 통에 젊은 시절 친구들이 모두 사라졌다는 말도 했다. 나는 그저 웃어 보였지만, 나 또한 대학원을 다니던 시절엔 온통 내가 심취했던 어떤 것에 사로잡힌 사람이었다. 사로잡힐 수 있다는 것, 그건 아직 꿈을 잃지 않은 사람들이 할 수 있는 것 아닐까. 그래서 나는 무엇엔가 사로잡힌 사람들이 부럽기도, 좋기도 했다. 나는 그에게 진심으로 정말 괜찮다고, 게다가 당신은 영화관을 찾고 싶어 서울에 온 것임을 들었다고 말해 주었다.

그는 내 말에 잠시 무언가를 생각하는 듯 입술을 달싹였지만, 이내 싱긋 웃으며 다시 극장에 대한 이야기를 꺼내 왔다. 이번엔 단성사가 아닌 명보극장이었다. 나는 그의 시선을 따라 길 건너를 살펴보았다. 명보극장이라면 중구청 사거리에서 종로로 넘어가는 길목에 위치한 극장을 말하는 것 같았다. 지나갈 때마다 간판을 보긴 했지만 정말 상영을 하는지 그건 알 수가 없었다. 사실 그곳은 내게 극장이라기보다는 그저 하나의 지점이었으니까. 그곳에서 명동, 을지로 방향으로 조금만 더 걸으면 냉면이 유명하지만, 서비스로 주는 닭무침도 맛

있다는 평래옥이 나온다. 그곳은 나의 전전 애인이 좋아하던 곳이었다. 유독 야근이 많았던 그는 냉면이 나오기 전 닭무침에 얼른 소주 두 잔을 마시고 냉면이 나오면 소주 세 잔을 더 마셨다. 한 병에서 나오는 소주는 대략 일곱 잔이었고 나머지 두 잔은 내가 마셨던 것 같다. 나에게 미안한 마음 절반, 회사로 복귀해야 한다는 마음 절반으로 조금은 다급하고 약간은 아쉬운 표정으로 회사를 향해 걸어가던 뒷모습. 을지로의 회사원이었던 그는 그런 식으로 나에게 을지로 이곳저곳에 흩어져 있는 맛있고 좁고 멋지고 이제는 많이 사라져 버린 음식점들을 부지런히 알려 주었다. 평래옥은 그런 음식점 중 아직 사라지지 않은 곳이었고 나는 그 거리와 평래옥을 생각할 때마다 그가 떠올랐다. 공간을 보고 나만 아는 기억을 떠올리는 것……. 어째서 이렇게 모든 건 사실 다 개별적인 것일까. 나의 이런 생각을 제자리로 돌려준 건 이어지는 그의 이야기였다. 이제부턴 아마 그만 아는 그의 영화관 이야기일 것이다.

"거기 말이에요, 의자가 아주아주 좁아서. 자, 보세요. 이렇게요. 이렇게 어깨를 조금 앞으로 구부리고…… 아, 구부정하게. 이게 맞죠? 네, 이렇게요. 이렇게 항상 겸손한 자세로 영화를 봐야 했습니다."

목을 당기고 어깨를 한껏 움츠린 그의 모습에 나도 모르게 슬며시 미소가 올라왔다. 그는 그렇게 크지도 작지도 않은 체형을 가진 노년 여성이었다. 그런 그가 어깨를 잔뜩 움츠리고 목을 당겨 영화를 봐야 하는 극장이라니, 그런 크기의 영화관이 있던 시절을 나도 모르게 상상했다. 37년 그 이전의 사람들은 정말 조그마했던 걸까. 그러자 나는 문득 상상도 무언가를 좀 알고 있을 때만 가능하다는 걸 깨달았는데, 내가 태어나기 이전의 시기라 그런지 무언가를 떠올려 보려고 해도 도통 그려지는 화면 같은 게 있지 않았다. 나는 애써 그를 만나러 오기 전 유튜브에서 찾아보던 「적도의 꽃」이나 「맨발의 청춘」과 같은 영화들을 떠올렸다. 유물처럼 내가 찾아본 그 영화들을 그는 극장에서 최신 개봉작으로 본 것일까. 그러면 그런 영화들이 오늘도 상영되고 내일도 상영되는 그런 시대의 서울은 어땠을까. 나는 그에게 혹 기억에 남는 일이 장소 외에는 더 없냐고 물었지만 그는 희미하게 웃으며 어깨를 으쓱할 따름이었다. 그러더니 다시 극장 이야기를 시작했다.

"뭐, 믿을 수 없겠지만 그때 극장에선 빵을 파는 소년들이나 부인들이 있었습니다. 낭만적으로 들릴지도 모르겠지만, 조금 절박한 표정들이었어요."

그의 말에 의하면 그때는 아직 영화가 비싸던 시절이라 상영 중 음식을 팔거나 영화를 중간에 끊고 광고를 상영하기도 했다고 한다. 역시나 그려지지도 않는 상상에 나는 그에게 그날은 무슨 영화를 봤는지 기억해 줄 수 있냐고 물었고, 그는 놀랍게도 영화 제목은 기억이 나지 않는다는 말을 하며 웃기도 했다. 별로 재미있는 영화는 아니었던 것 같습니다, 하던 그는 단지 그 작품 안에서 여주인공이 남자 때문에 삶이 망가지는 걸 보고는 자신도 모르게 '역시 남자는 여자를 잘 만나야 하고 여자는 남자를 잘 피해야 한다.' 이렇게 중얼거리고 말았다는 이야기를 하기도 했다. 그의 중얼거림에 사람들이 웅성거리며 돌아봤는데 자신의 얼굴을 보고는 설마 이 사람은 아니겠지 하고 다시 돌아앉아서 마음을 놓았다는 말에는 나도 좀 웃음이 새어 나오기도 했다.

"어느 날엔가는 영화를 보고 나왔는데 알던 시인이 다른 영화관에서 죽었다는 말도 들었지요."

아마도 내가 책으로만 보았던 그 시인의 사연인가 싶었다. 영화관 의자에서 생을 마감했다는 시인의 이야기 말이다. 그런가 하면 허리우드극장에서 나오면서는 사람들이 모두 머리에 비닐봉지를 하나씩 쓰고 지나가는 걸 보기도 했다. 무슨 일이냐 물었더니 최루탄 연기를 피하려 한다는 답이 돌아왔다. 그때는 몰랐지만, 지나고 보니 한 독재자의 죽음을 목전에 앞두고 사람들은 저마다의 방식으로 투쟁하고 있던 것이다. 나는 아주 먼 나라에서 다른 먼 나라의 사건들을 모두 기억하고 산다는 건 대체 어떤 기분일까 생각해 보았다. 그건 외로움일까, 아니면 자신만이 아는 어떤 기억에서 오는 각별함일까…….

"그런데 사실은, 그 극장엘 가 보고 싶어요. 들었을지 모르지만 나는 이제 좀 쉬고 싶은 사람이거든요."

문득 나는 선배에게 들었던 이야기를 떠올렸다. 잠을 찾기 위해 영화관을 찾는다는 이야기. 그런데 쉬고 싶다는 건 또 무슨 뜻인지, 혹 어딘가 아프다는 뜻인지 염려스러웠다. 노인들은 원래 자주 아프니까. 하지만 선뜻 물어볼 용기는 나지 않아서 그저 어디든 갈 수 있으니 괜찮다고만 답했다. 확실히 그의 나이를 생각했을 때 어쩌면 이 모든 것이 그에게는 최후의 경험이 될지도 모른다는 생각까지 들었기 때문이었다. 게다가 안내를 하기로 한 사람은 나인데 정작 여태 옛 서울에 관한 이야기들을 들은 건 그가 아니라 나였다. 나는 되도록 그가 가고자 하는 곳을 찾아 주고 함께해 주고 싶었다.

"그 영화관을 찾게 되면 나는 잠을 잘 수 있을 겁니다. 꿈을 꿀 수 있다는 건 행운이겠지요. 그것도 37년 만에 말이죠."

이번에도 나는 그에게 곧장 '대체 왜 그렇게 잠을 자지 못하신 건가요?' 묻지 못했다. 그와 함께 가 보면 그의 잠을 결국 찾을 수 있을 거란 생각이 들어서였을까. 그건 잘 모르겠다. 다만 그렇게 나는 다음 날 그와 함께 영화관을 찾아 나섰다. 아니, 어쩌면 꿈을 찾아 나선 건지도 모르겠다.

물론 그의 잠이, 그 꿈이 내가 아는 곳에 있을 줄은 몰랐던 것이다. 심지어 그곳은…… 어쩌면 나 또한 그곳에서 꿈을 꾸었는지도 모를 남쪽 도시의 극장이었다. 하지만 그곳은 사라지지 않았다. 여전히 영업 중이고 여러 행사를 진행하기도 한다. 그는 그 극장이 사라진 것으로 알고 있을까. 내가 조심스럽게 극장이 아직도 영업 중이며 내부 또한 그대로라고 말하자 그는 미소를 띠었다.

"네, 저도 항상 그 극장을 인터넷에서 찾아봤습니다. 영업 중이라는 것도 알았습니다. 그런데 어째서일까요. 그 극장이 영영 사라진 것처럼 느껴진 순간이 있었던 것 말입니다."

언제부터인가, 나는 사람과 사람 사이에 말로는 다 하지 못할 순간들이 있다는 걸 알게 되었다. 타인을 속이기 위한 침묵이 아니라 설명 불가한 상태의 침묵, 무언가가 감정적으로 유실되었을 때 언어로는 도저히 표현하기 어려워 발생하는 침묵. 나는 오히려 그가 나에게 자신의 이야기를 하기 위해 애썼다고 생각했다. 나는 그 극장을 검색한 화면이 떠 있는 휴대폰을 만지작거리다가 이내 가방에 집어넣었다.

"그럼, 역시나 직접 확인해 보는 수밖에 없겠어요. 잠도 찾고 꿈도 찾아야 하겠어요."

그렇게 나는 다음 날 그와 서울에서 차로 세 시간가량 떨어진 남쪽 도시로 가기 위해 버스를 탔다. 아무리 되돌아가 보아도 그것은 순전히 극장 때문이었다. 남쪽 도심 한가운데 있는 오래된 극장, 겨울엔 난방이 되지 않아 담요를 나눠 주고 원두커피를 천 원에 파는 그 극장. 나는 꼭 네이버의 도움이 아니더라도 그 극장의 곳곳을 알고 있었다. 아니, 어쩌면 네이버가 극장의 외관을 알려 준다면 나는 그 내부의 무언가를 잘 알고 있었다. 나는 초등학교 시절부터 고등학교 졸업 때까지 그 도시의 그 극장에서 영화를 보았다. 「복수는 나의 것」은 미성년자 관람 불가였지만 몰래 들어갔던 기억이 있다. 그러니까 사람들이 흔히 말하는 고향이라는 것이 있다면 내게는 바로 그 남쪽 도시였다. 재미있는 사실이랄까, 고등학생 때까진 지금과 반대의 상황이 펼쳐지기도 했었다. 지금은 극장을 찾아 서울에서 남쪽으로 내려가지만 그때는 방학 때마다 좋아하는 가수의 공개 방송을 보기 위해 부모님 몰래 서울행 버스를 타기도 했던 거다.

그래, 이제는 서울에서 그 도시를 향해 가고 있었다. 그것도 극장을 보기 위해. 누군가의 잠과 꿈을 찾기 위해. 잠과 꿈이야말로 잃어버리기 쉬운 나이라는 것을 아는 사람이 되어서 말이다. 공교롭게도 나는 잠과 꿈과 영화를 통해 그와 처음으로 공통된 기억을 나누게 된 것이다.

남쪽 도시에서 서울로 올라가기 위해 애썼던 시절엔 서울로 가는 길이 참 길게만 느껴졌었다. 아무래도 내가 어려서였거나 길이 발달되지 않았으니 그랬던 건가 싶었는데 오랜만에 향하는 남쪽 도시는 놀랍게도 여전히 멀게만 느껴졌다. 휴게소에서 쉬는 15분 동안 나는 배가 고프지 않았는데도 굳이 내려 호두과자를 한 봉지 사서 그에게 내밀었다. 그는 미국에서 이 정도는 아주 가까운 거리라며 내게 힘을 내라는 듯 어깨를 두드리고 허리를 펴는 시늉을 몇 번 하더니 건네받은 호두과자를 한 알 입에 넣고 오물거렸다.

"아란 씨에게 최초의 영화는 무엇인가요?"

내 대답을 기다리며 그는 '이거, 서울에서는 흰색이 들어 있던 것 같은데.' 이렇게 중얼거리기도 했다. 아마 안국역 종로경찰서 출구 앞에서 파는 흰색 앙금의 호두과자를 말하는 모양이었다. 반대로 어린 시절 나는 그 '서울 호두과자'를 먹고 무척 놀랐던 기억이 있다. 팥앙금이 없는 호두과자는 마치 내게 호두 없는 호두과자 느낌이었던 것이다. 지금은 앙금이 무엇인지 분간하지 않을 정도지만…… 당연한 것들이 너무 많아지면 재미가 없어지는구나, 싶어서 나는 문득 그걸 알려 준 그에게 고마움을 느꼈다. 게다가 최초의 영화라……. 생각해 보니 너무 오랜만에 누군가에게 나에 대한 질문을 들은 거였다. 뭐 먹을래, 뭐 마실래 이런 질문도 물론 좋긴 하다. 하지만 이렇게 오래 생각하게 만드는 질문은 아니었으니까. 문제는 최초로 본 영화가 제대로 떠오르지 않아 너무 오래 머뭇거리게 되었다는 점이랄까. 나는 '최초'를 포기하고 처음 기억에 남은 영화를 말하기로 했다. 물론 어떤 의미에선 그게 최초일 수도 있지만 말이다.

"아, 어…… 이게 최초인지는 모르겠는데, 기억에 남아 있는 거라면. 그 왜, 유명한 영화인데요, 그 제목이, 아, 그게 장국영이 나와서 탱고를 췄는데요."

그거라면 압니다. 그가 그렇게 말하며 호두과자 봉지를 내미는 순간 나도 그 영화의 제목이 떠올랐다.

"「해피 투게더」."

우리는 동시에 호두과자를 입에 넣고 그 영화의 제목을 우물거렸다. 무언가를 깊게 우물거릴수록 떠오르는 기억을 따라가 보면 그 영화의 끝에는 아빠가 있었다.

그 영화는 열셋 무렵 아빠가 보여 줬다. 극장 자체가 많지 않았던 시절, 아이들이 들어갈 수 있는 극장이 흔할 리 만무했으니 그곳은 극장이 아니었다. 아빠는 어디서 구했는지 조악한 비디오테이프의 먼지를 정성스레 닦아 냈었다. 그때 우리는 반지하 같은 1층에 살았으므로 두꺼운 커튼을 여미지 않아도 되었다.

아빠, 저 사람들은 서로 사랑하는 거야? 양조위와 장국영을 보며 내가 물었고 아빠는 응, 그럼, 하고 답했다.

응, 그럼.

잊혀지지 않는다. 정말로,

그런 것은.

평일의 텅 빈 버스 안에서 호두과자를 나눠 먹으며 그 도시에 살던 시절 나의 최초의 영화에 대해 떠올리자, 나는 문득 그 도시에 대해 무어라도 이야기하고 싶어졌다. 우리가 버스를 타고 내리는 커다란 터미널에서 그 도시의 동쪽 끝으로 가면 인근 시골로 가는 작은 터미널이 하나 더 있고, 그 터미널에는 기다란 나무 의자와 탈지분유 맛이 나는 우유 자판기가 있으며, 고등학교를 졸업할 때까지 나는 그 주변에서 살았다고. 거기가 실상은 도청과 더 가깝고 아빠가 다니던 학교와 가깝고 또 이 극장과 가깝다고. 그래서 나는 종종 시위대를 마주치고, 밤새 취한 사람들을 마주쳤고, 매해 5월이 되면 누군가를 찾는 듯한 음악들이 도심을 채우는 소리를 들었다고. 아빠는 그 도시 사람이 아니라 도를 넘어가면 있는 마산이라는 바닷가에서 온 사람인데 5월의 그 음악을 들으며 그보다 1년 전인 79년 가을 자신의 도시에서 일어난 시위대 폭행 사건에 대해 말하기도 했다고. 마산에서는 주로 밤에 노동자들이 시위를 했으며 경찰들이 그들의 머리를 때려 정신을 잃게 만들었고 아빠는 밤늦게 집에 돌아가다 공연히 머리를 얻어맞은 적이 있었다고 말이다. 그런 일이 있은 지 얼마 지나지 않아서 아빠는 이 도시에서 또 다른 폭력을 목격했고, 어째서 폭력이 그렇게 연결되는지 모르겠다고 괴로워하기도 했다고. 그리고 또, 그 극장과 조금 떨어진 곳에는 그 극장보다는 조금 덜 오래된 극장이 있었는데 그 덜 오래된 극장에서는 매해 마지막 날 밤새 영화를 틀어 두고 버티는 관객에 한해서 소정의 선물을 주기도 했다. 수능이 끝났던 2003년 마지막 날엔 나 또한 그 극장에서 밤새 영화를 보는데 도전했고 그해 봤던 영화가 무엇인지는 기억이 나지 않지만 결국 끝까지 보지 못하고 중간에 밖으로 나와야 했다고, 이런 이야기들 말이다.

"영화 중간에요?"

그랬다. 나는 그날 영화를 다 보지 못하고 밖으로 나왔다. 영화를 좋아하니까 몇 편 이어 보는 건 아무렇지 않을 줄 알았는데 두 편이 넘어가자 허리가 뻐근해 오기 시작했다. 연말 가요 프로그램에서 내가 좋아하는 가수가 몇 번째로 나왔을지 궁금하기도 했다(그건 팬들 간의 자존심이었다). 시계를 보니 새벽 3시였다. 나는 그대로 로비에 앉아 시간을 좀 더 흘려보낸 뒤 첫차를 타러 갔다. 도청 앞에선 신년 행사가 있었는지 사람들이 덕담을 나누고 있었다. 문득 내가 본 영화가 지나간 해 최후의 영화인 건지, 아니면 그해 최초의 영화라고 해야 할지 모르겠다는 생각에 이상한 기분이 들었다. 시간이라는 것, 기억이라는 거, 내가 정말 정확히 알고 있는 걸까. 하지만 그런 생각은 내가 영화를 너무 많이 봐서 떠오른 질문이 아닐까 하면서 나는 집으로 돌아왔고, 집에 도착해서는 밤새 나를 기다리고 있던 엄마에게 등짝을 몇 대 맞았다. 이제 서울로 가면 이 집엔 절대 안 올 거야! 그러다가 몇 대를 더 맞았던 것 같기도 하다. 그래, 조금 우스운 말처럼 들리겠지만 그땐 정말 서울로만 가면 모든 게 해결될 줄 알았다. 우리 모두 '인서울'이라는 단어를 입에 달고 살았다. 동료 강사가 당한 성추행

사실을 고발했다가 끝내 강사 자리에서마저 해고되고 대학원을 나올 수밖에 없던 때가 되어서야, 그 배경에 특정 지방 출신, 여성이라는 조건이 붙어 있었다는 걸 확인하고 나서야 나는 인서울이 만사는 아니었음을 인정할 수밖에 없었지만…….
나는 영화를 좋아했지만 배우가 되거나 만드는 사람은 되지 못할 거 같아서 영화 공부를 선택했었다. 아름다운 영화로 식민지 조선 사람들의 시선을 분산시키고, 제국의 사상을 주입시키려 했던 그 시기 일본과 조선에 대해 공부하며 나는 이런 공부를 할 수 있다는 자체에 어떤 뿌듯함을 느끼기도 했었다. 어렴풋하게나마, 세상이 나아졌다고 생각했었던 것이다. 그런데 그 모든 것은 내가 겪은 그 일과 함께 호되게 깨어졌다. 나는 모든 것을 두고 그곳에서 나와야 했다. 그래도 나는 그렇게 서울로 갔던 내 자신에 대해선 전혀 후회하지 않는다. 그건 내 잘못이 아니니까. 이걸 깨닫게 될 때까지 수많은 잠과 꿈을 잃어버린 채였다. 나는 사실 서울에서 출발하기 전 인스타그램에서 밤새 영화를 보았던 그 극장을 찾아보았었다. 그곳은 이제는 CGV가 되어 있었다.

"단성사가 보석 가게가 된 것과 비슷한 겁니까. 그래도 영화관이니 다행입니까?"

나는 어깨를 으쓱하며 그의 말에 "물론 이제 다른 곳이 되었다고 해서 그 극장이 원래부터 없었던 건 아니지만요." 이렇게 덧붙였을 뿐이었다. 덧붙이는 나와 고개를 끄덕이는 그. 참 이상한 일이었다. 나는 이제 어딘가를 갈 수 있는 시간이 주어지면 이 남쪽 도시보다 도쿄나 타이베이와 같은 도시를 가 볼까 더 자주 생각했고 그러므로 이 도시에 대해 딱히 떠오르는 기억이 없을 것이라 생각했는데 말이다. 그는 잠시 창밖을 내다보는 나를 바라보는 듯하더니 이런 이야기를 건네어 왔다.

"그게, 이 도시 말이에요. 내가 처음으로 서울을 벗어나 여행을 간 곳이었습니다. 아, 물론, 교수님을 따라서 부산이나 마산에 간 적은 있었습니다. 시위대를 본 적도 많았습니다. 부산 MBC 앞에서도 봤습니다. 초량이라는 지역 곳곳에서도요. 하지만 혼자 간 건 처음이었습니다."

그가 처음 내려 마주한 건물은 옛 도청이었다. 극장을 찾아갈 생각이었는데 지금처럼 인터넷이 있는 것도 아니고 영어 표기가 잘된 시기도 아니어서 그저 두리번거릴 수밖에 없었다.

"한참 고개를 빼고 이리저리 둘러보는데 교복을 입은 여학생이 다가오더군요. 나는 겨우 지도에서 찾은 명칭을 떠올렸습니다. 여학생에게 저곳이 도청이 맞느냐고 물었지요."

그렇게 말하며 퍼트리샤는 쪽지 모양으로 접은 호두과자 봉지를 내게 건네 왔다. 나는 이걸 빈 호두과자 봉지라고 해야 할지 쪽지라고 해야 할지 조금 망설여졌다.

"지나고 나서야 알게 되었는데 사람들이 죽어 간 그해 5월, 그 도청에서 일어난 일이었습니다."

여학생은 도청을 가리키며 극장이라고 말했다. 하지만 퍼트리샤 눈에는 아무리 봐도 그 건물이 극장 같지가 않았다. 퍼트리샤가 고개를 갸웃하며 '하지만 지도에는 도청이라고 쓰여져 있던걸요? 제가 봐도 저건 오피스 같아요. 아닌가요?' 하자 이번에 여학생은 지도에 표기된 극장 쪽을 가리키면서 그곳이 도청이라고 했다. 여학생은 이윽고 퍼트리샤를 똑바로 쳐다보며 이렇게 중얼거렸다.

"저는 이곳에 오래 살았어요. 그날도 저는 학교에 갔을 뿐이에요. 제가 그날 이 앞에서 모든 걸 다 봤는데 그건 다 거짓말이래요. 텔레비전에서, 극장에서, 모든 곳에서, 말할 수 있는 모든 곳에서 그 사람이 그건 다 거짓이라고 말해요."

그때의 퍼트리샤는 아직 한국어가 완벽하지 않았다. 읽는 건 그럭저럭이었지만 듣는 건 여전히 어려웠다. 게다가 서울 사람들이 쓰는 말과 여학생이 쓰는 억양이 조금 달라서 한 박자씩 뒤늦게 의미를 생각해 내야만 했다. 그래서 처음엔 그 여학생이 하는 말이 무슨 뜻인지 알 수가 없었다. '전 단지 극장을 찾고 있습니다. 이 도시에서 가장 오래된 극장이요. 저는 서울에서 한국의 옛날 극장들을 공부하는 학생입니다.' 퍼트리샤가 갸웃하며 다시 말했으나 여학생은 단호히 고개를 저으며 울부짖듯 말했다.

"잊으래요. 그런 거. 그런 기억. 다 잊으라고요. 그건 다 꿈이었다고."

퍼트리샤는 여학생을 진정시켜야겠다는 생각이 들어 손을

뻗었다. 하지만 여학생은 고개를 저었다.

"그러면 그 군인은 내 꿈까지 빼앗아 간 거예요. 내 꿈은 우리 가족들이, 내 친구들이 행복하게 함께 오래 사는 거였는데."

"왜, 지금은 못 삽니까?"

퍼트리샤의 조심스러운 말에 여학생은 다시 도청을 가리켰다. 저기서, 내 가족들이 내 친구들이 다 죽었어요. 우리 언니는 상산낳해 전에 버려졌어요. 퍼트리샤는 자신도 모르게 입을 막았다. 그 순간만큼은 자신이 정말 한국어를 몰랐으면 했다. 그런데, 서울에 사는 자신이 그런 뉴스를 본 적이 있던가? 이 도시에서 사람들이 무수하게 죽었다고? 군인에게 죽임을 당했다면 한국군이 한국인을 죽인 건가? 그해 5월 부산과 마산에서 대학생들이 시위를 하다가 잡혀갔다는 이야기를 들은 적이 있었다. 이 도시에는 잠시 계엄령이 내려졌다는 말도 들었지만 그건 북한군의 소행이라고 했었다. 모든 것이 곧 진정되었는지 부산도, 마산도, 그리고 이 도시의 일도 더 이상 들려오지 않았다. 만약 그런 일이 있다면 누군가 증언하지 않았을까. 정말 다 죽지 않은 이상 그런 일이 숨겨질 수가 있을까. 죽음과 가까운 공포를 느끼지 않은 이상……. 물론 퍼트리샤는 그때까지 몰랐다. 미국 국적의 백인인 자신이 알 수 없는 공포가 도처에 있다는 것을, 식민지 영화 산업을 공부하면서도 실제 그런 공포를 맞닥뜨려 본 적은 없다는 것을, 자신의 나라는 항상 어디선가 전쟁을 수행 중이지만 정작 내부에선 한 번도 그런 상황을 경험한 적이 없다는 것을 말이다. 단지 그때의 퍼트리샤는 그 가엾은 여학생을 위로하고 싶었을 뿐이었다. 한 여성으로서, 비슷한 또래의 사람으로서. 그런 생각을 하며 숨을 삼키는 사이 여학생은 어깨를 늘어뜨리고 모든 걸 포기한 사람처럼 중얼거렸다.

"잠을 잘 수가 없어요, 그 뒤에."

퍼트리샤는 그 여학생의 가슴께에 매달려 있던 명찰에 '경자'라고 쓰인 이름을 얼핏 보았다. 하지만 이름을 제대로 물을 새도 없이 그 여학생은 퍼트리샤를 지나쳐 앞으로 걸어 나아갔다. 곧 여학생은 그를 통과했지만 시위가 빈번한 시기였으므로 그는 총을 든 진짜 군인들이 혹 여학생을 지나갈까 자꾸만 뒤를 돌아 확인해야 했다. 그러니까 꿈을 빼앗기고 잠을 잃었다는 여학생을 말이다.

퍼트리샤는 그날 찾고 찾았던 도시의 오래된 극장에서 영화를 한 편 보았다.

당신이 본 것은 무엇이죠? 히로시마. 이렇게 중얼거리는 배우를 담은 스크린은 평평하고 넓었으며 좌석 또한 비좁지 않았다. 고개를 죽 빼거나 어깨를 웅크리지 않아도 됐다. 조선인들은 영화를 좋아했지만 일본의 영화는 절대 보지 않았다고 한다. 대신 유럽 영화와 조선 영화를 즐겨 봤다고 했다. 그는 조선인들이 자신의 나라 영화도 보았을까 문득 궁금해졌다.

그래서, 당신이 본 것은 무엇이죠? 히로시마.

그 대사를 보며 퍼트리샤는 잠시간 더 생각에 잠겼지만 이윽고는 스크린을 등지고 극장을 나섰다. 다시 도청 쪽으로 걸어가면서 그는 우체국 앞에서 사람들이 누군가를 기다리다가 반갑게 서로를 향해 인사하는 모습을 보았다. 식당을 지나면서는 상추튀김 있어요,라는 말에 잠시 상추를 통째로 기름에 넣는 상상을 했다. 극장에서 도청까지는 그다지 멀지 않았다. 하지만 그는 자꾸만 뒤를 돌아보았다.

"나는 대체로 평온하게 살았습니다. 운이 좋아 학교에 남았고 질병에도 걸리지 않았어요. 그 시절 여성이, 저는 백인 여성이긴 하지만 그래도 여성이 임용을 받는 일은 흔치 않았는데 말이죠. 물론 제 실력에 대한 이야기는 아니에요, 저는 일생 동안 제 학문에 충실했거든요. 아시겠지만, 내 나라의 여성 노동자들은 2차 세계 대전 때 불꽃이 튀는 위험한 공장에 실크 스타킹을 신고 나가 일을 해야 했어요. 누구도 안전을 알려 주지 않았죠. 그래도 열심히 일을 해서 포탄을 만들고 배를 띄웠어요. 남성뿐이 아니에요. 여성들은 국가를 위해 헌신했고 아이들을 위해 도시락을 만드는 일도 소홀하지 않았어요. 심지어 그럴 수 없었죠. 새벽부터 공장에 나가야 했지만 가정일을 신경 쓰지 않는 여성이란 여전히 손가락질의 대상이었으니까요. 그럼에도 전쟁이 끝난 후 남성들이 돌아오자 일자리를 잃었어요. 여성들은 숙련 노동자였지만 아무도 여성들을 써 주지 않왔어요. 그러니까…… 저는 어떤 제도와 관습, 폭력과 편견에 대한 이야기를 하려는 거지요. 분명히 있었던 그런 폭력과 슬픔이요. 그리고, 또 슬픈 일……이 있다면 딸아이가 작은 교통 사고를 당했던 거죠. 다행히 다치지 않았어요. 역시나 전 운이 나쁘지 않았군요. 사실 그렇게 사는 동안 이 남쪽 도시에 대해서는 길게 생각해 본 적이 거의 없습니다."

실제 그는 학업을 마치고 미국으로 돌아갈 때까지 이 남쪽 도시에는 다시 방문하지 않았다. 아니, 이상하게 다시 돌아볼 어떤 마음이 굳건하지 못했다. 자꾸만 마음속에 그 여학생의 모습이 담기기만 했다.

그런 그가 그 여학생을 꺼내 볼 마음을 먹은 건 그 일과 상관없는 전혀 다른 일 때문이었다.

"딸아이의 파트너는 아시아인이에요. 아이들은 조그맣게 장사를 시작했는데……. 한인 타운이었어요."

퍼트리샤의 딸이 그의 파트너와 함께 운영하던 가게는 혐오주의자들에게 공격을 당했다. 평소 아시아인을 혐오하던 그들은 퍼트리샤의 딸과 파트너가 동성애 관계라는 것을 알자 무차별적인 폭력을 휘둘렀다고 했다. 딸과 그의 파트너는 벽돌로 린치를 당했고 특히 아시아인이었던 딸의 파트너는 거의 죽음의 순간에 이르렀다.

"너무나 추악하게도 나는 그 순간조차 내 딸아이는 그래도 그만큼은 다치지 않아 다행이란 마음이 들기도 했단 겁니다.

내 딸의 정신이 어떻게 망가져 버렸는지는 생각도 하지 못한 채, 내 딸아이가 사랑하는 사람이 어떻게 되었는지 생각도 못한 채 말입니다. 다만…… 그제야 아주 조금 알게 된 겁니다. 내 딸을 폭력으로 몰고 간 게 무엇인지……. 그때가 되고 나서야 그해 남쪽 도시에서 만난 그 여학생이 떠오르더군요. 도서관에서 가서 동아시아 코너를 서성였습니다. 여느 때랑 비슷하다고 할지 모르지만 그때 내가 관심을 둔 건 80년 그 시기였습니다. 그러다가 그 사건에 대한 회고록을 보았죠. 오랫동안 여러 나라가 은폐했던 그 사건에 관한 기록을요."

흐릿하긴 했지만 기록물엔 그 여학생으로 추정되는 사람의 모습이 담긴 사진이 있었다. 물론 모를 일이었다. 여학생은 교복을 입고 있었으므로 퍼트리샤가 다른 여학생을 착각한 것일 수도 있다. 게다가 기록물 속 여학생은 실종자 명단에 있었다. 퍼트리샤는 분명 그 여학생을 81년 어느 날 마주쳤는데……. 퍼트리샤는 혹 자신의 증언이 필요한 곳이 있지 않을까 관련 연구자들을 찾아 백방으로 움직여 보기도 했다. 하지만 의외로 한국에서 그 연구를 하는 사람들은 많지 않았다. 김대중 정권이 들어서고서야 그런 움직임이 일기 시작했지만 그때 퍼트리샤는 이미 나서서 무언가를 하는 것이 쉽지 않을 정도로 많은 걸 이룬 나이였다. 그러나 여전히 한국에 대해 생각하면 다른 어떤 일보다 그날이 유독 선명하게 떠올랐다.

"이제 그 사람에게 잠을 돌려주고 싶습니다. 꿈을요. 잠을요."

내가 들은 것을 모두 말할 생각이에요, 기억이 나는 그대로
요. 그렇게 말하며 퍼트리샤는 내게 미소를 보였다. 그것은 어
깨를 으쓱하며 지어 보였던 이전의 미소와는 조금 다르게 느
껴졌다. 나는 잠시 입술을 말았다. 그때, 대학원에서 나올 때
누군가 나에게 한 번만이라도 괜찮다고 말해 주었다면, 자신
들이 본 것을 솔직히만 말해 주었다면…… 나 또한 꿈도 잠도
잃지 않았을까. 그래도 나는 그곳에서 나올 수밖에 없었겠지
만……. 나는 퍼트리샤의 눈을 보며 이렇게 말했다.

"그 여학생은 아마 그동안 꿈꾸고 있었을 거예요. 퍼트리샤
가 기억하는 동안에요. 기억하고 있었으니까요."

퍼트리샤는 문득 무언가에서 깨어난 사람처럼 나를 오래 바
라보았다. 퍼트리샤의 뒤로 하나, 둘 건물이 나타나고 있었다.
퍼트리샤는 옅게 미소를 지었다.

"그래요, 아란 씨. 그리고 그렇다면 이제, 나도 좀 잘 수 있겠
죠. 그 봄을 통과한 무더운 여름잠을요."

우리는 그날 극장으로 가기 위해 남쪽 도시의 터미널에 내
렸다. 일찍 나서서 그런가요, 저 극장에서 영화 시작하면 졸지
도 모르겠어요. 내 말에 퍼트리샤가 자신은 이미 잘 준비 중이
라는 농담을 건네 왔다. 조금 이른 여름이 온 남쪽 도시에서
까무룩 잠이 쏟아지려 했다.

　매해 늦봄이 되면 나는 여름잠을 자고 싶다고 생각했다. 긴 잠을 자고 일어나 가을이 되면 이런저런 삶을 꾸려 나가는 것이다. 생각해 보면 곰들은 겨울잠을 자면서 삶을 유지하는데, 내 기준에 특별할 것 없는 인간은 너무나 많은 에너지를 배출하며 지구와 지구 속 환경과 주변을 괴롭히는 게 아닌가 싶었던 것이다. 누군가를 괴롭히거나 시끄럽게 굴지 않고, 혹 슬플 때 나 자신을 나에게 가둘 수 있는 가장 평화로운 방법은 아무래도 잠이 최고라는 생각이었다. 실제로 나는 잠을 잃은 후 삶을 잃어버린 사람들을 많이 봤기 때문에. 아니, 어쩌면 그 반대일지도 모를, 삶을 잃어버려서 잠을 잃어버린 사람들을 자주 보았기 때문에……. 선후 관계가 어찌되었든, 소설에서도 썼지만 나는 사람들이 잠을 완전히 잃어버린 후(잠을 너무 많이 자는 것도 잃어버린 축이라고 생각했다) 죽음에 이른다고 느꼈기에 그 잠을 잃어버린 사람들의 이야기를 좀 쓰고 싶었던 거 같다. 왜 잃어버리게 된 것인지, 혹 그것을 되돌려 줄 순 없는 건지, 그런 이야기들 말이다. 더불어 잃고도 살아가는 이야기를 함께해 나가고 싶었다.

　더불어…… 소설 속 광주는 아마 내가 소설을 쓰는 동안에는 꾸준히 나올 예정이다. 이건 어느 인터뷰에서 이미 밝힌 것이지만, 나는 한 가지 사건이라도 그 안에 얽힌 시선은 다양하고 그러니 광주

뿐 아니라 대부분의 사건들이 아직 충분히 이야기되지 못했다고 느낀다. 다만 광주가 단독의 사건으로 역사 속에서 진행된 것이 아니기 때문에 부마 항쟁이나 여타의 사건이 함께 언급되었다. 마치 잠을 잃고 삶을 잃은 건지, 삶을 잃고 잠을 잃은 것인지 그 선후 관계를 따질 수 없는 것처럼, 어떤 역사 속 사건도 단독으로 존재할 수는 없기에.

이 글을 쓰면서도 여전히 이루지 못한 나 자신의 여름잠에 대해서 생각한다. 매해 그럭저럭 가을을 맞이했으나 올해는 진심으로 여름잠에 잠시 붙들려 있고 싶다고 생각했다. 여름잠을 푹 자고 일어나 여름을 끝내고 싶다는 마음이 간절했다. 나를 붙잡아 둔 어떤 생각들이 유난히 들끓었던 여름을 말이다. 나는 실제 여름잠에 이르지 못했기에 이 소설을 대신했다. 이 책은 차가운 공기가 내려앉을 때쯤 나오겠지만 이 소설을 읽으시는 모든 분들이 이 이야기 속 여름잠을 함께했으면 한다. 그렇게 잃어버린 잠을, 잠시 유실된 꿈을 되찾을 수 있기를⋯⋯.

한정현

| | | | | | | | | | | | | |
|---|---|---|---|---|---|---|---|---|---|---|---|---|
| 강 | 벅 | 짜 | ● | 궁 | 골 | 밍 | 형 | 헝 | 하 | 걍 | 공 | |
| 광 | ※ | 자 | 랴 | 양 | 광 | 상 | 셩 | 여 | 름 | 잠 | 토 | |
| 션 | 사 | 현 | 고 | 께 | 가 | 🐚 | 삿 | ※ | 해 | 야 | ● | |
| 혜 | 잉 | 마 | 법 | 사 | 들 | 돌 | 덩 | 동 | 허 | 정 | 빔 | |
| 항 | 🐚 | 잉 | 야 | 소 | 성 | 히 | 려 | 홀 | 회 | 은 | ※ | |
| 영 | 쌍 | 챠 | 커 | 골 | 혀 | 쟝 | 슐 | 휘 | ● | 용 | 정 | |
| ※ | 화 | 목 | 컹 | 안 | 녕 | 쟝 | 수 | 극 | 장 | 셍 | 걍 | 🐚 |
| 수 | 텅 | 열 | 얂 | 작 | 🐚 | 걸 | 항 | 혜 | 통 | 죵 | 소 | |
| 슢 | 윤 | 성 | 희 | 랑 | 커 | 캐 | 리 | 조 | 쟁 | 옷 | 다 | |
| 공 | 웬 | 얼 | 얏 | 계 | ※ | 스 | ● | 예 | 몽 | 김 | 현 | |
| 앙 | ● | 옹 | 랑 | 벡 | 복 | 팅 | 진 | 은 | 겅 | ※ | 의 | |
| 게 | 사 | 라 | 진 | 사 | 람 | 꼰 | 귀 | 뭉 | 삐 | 백 | 극 | |
| 핫 | 이 | 용 | 빙 | 왕 | 힌 | 락 | 허 | 웅 | 🐚 | 뱅 | 장 | |
| 겨 | 캉 | 캉 | 셩 | 셜 | 믿 | 겅 | ● | 엉 | 웃 | 닌 | 에 | |
| ● | 렷 | ※ | 령 | 상 | 을 | 랴 | 헛 | 콩 | 방 | 박 | 서 | |
| 머 | 랴 | 한 | 해 | 뭉 | 수 | 멍 | ※ | 셜 | 영 | 할 | 직 | |
| 활 | 혜 | 정 | 햐 | 🐚 | 있 | 엔 | 싱 | 온 | 언 | 웬 | ● | |
| 둥 | 계 | 현 | 걸 | 잇 | 나 | 찡 | 림 | 트 | ※ | 쿠 | 컬 | |
| 잔 | 🐚 | 진 | 당 | 키 | 요 | 순 | 셜 | 헤 | 뭉 | 뀐 | 흐 | |
| 양 | 길 | 렁 | 덩 | 믄 | ● | 뭔 | 알 | 조 | 해 | 진 | 깅 | |
| 컨 | ※ | 컬 | 교 | 를 | 송 | 양 | 랑 | 워 | 통 | 팅 | 헤 | |